오래 들여다보는 사람

한국화 그리는 전수민의 베니스 일기

초판 1쇄 발행 | 2017년 3월 2일

지은이 전수민
발행인 이대식

주간 이지형 **편집** 김화영 나은심 손성원
마케팅 배성진 박중혁 **관리** 이영혜
디자인 모리스 **본문 사진** 전수민 킴 케이

주소 서울시 종로구 평창길 329(우편번호 03003)
문의전화 02-394-1037(편집) 02-394-1047(마케팅)
팩스 02-394-1029
홈페이지 www.saeumbook.co.kr
전자우편 saeum98@hanmail.net
블로그 blog.naver.com/saeumpub
페이스북 facebook.com/saeumbooks

발행처 (주)새움출판사
출판등록 1998년 8월 28일(제10-1633호)

© 전수민, 2017
ISBN 979-11-87192-32-9 03810

• 잘못된 책은 바꾸어 드립니다.
• 책값은 뒤표지에 있습니다.

한국화 그리는 전수민의 베니스 일기

오래 들여다 보는 사람

The Diary of Venice

전수민 지음

새홍

차
례

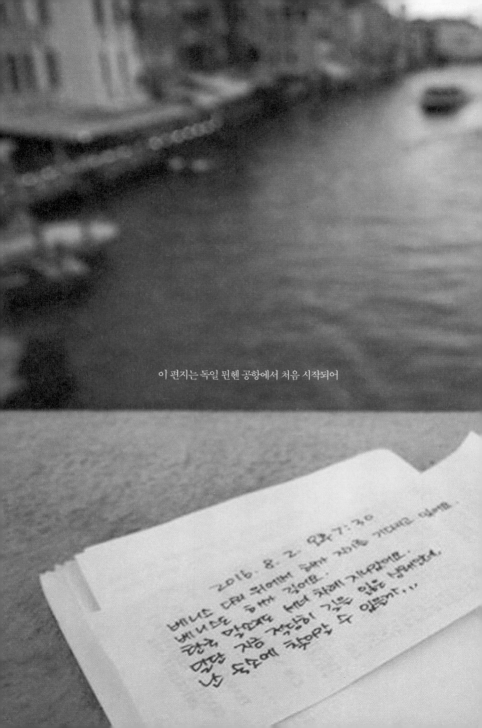

이 편지는 독일 뮌헨 공항에서 처음 시작되어

2016. 8. 2 오후 7:30

베니스 다녀 위에서 타서 자비를 기다리고 있어요.
베니스도 5시에 걸어요.
한지 말없어도 너너 차례 기나없어요.
엽다 자금 작당히 길을 있음 넣어없죠.
난 도조에 작무만 두 있을까..

베니스에 한 달간 머물며 쓰였고 한국에서 마무리되었습니다.

혹시 나한테 무슨 일이 생기면 뒤처리 좀 부탁해.

그다지 뒤처리할 것도 없겠지만… 내 작품들은 네가 다 관리하고 가족들도 잘 돌봐줘. 사실 죽게 되었다고 해서 나는 그리 절망적이진 않아. 너도 알다시피 난 유서 쓰는 게 취미였잖아. 언제든 죽을 수 있을 거라고 생각했었어. 이렇게 빠를지는 몰랐지만.

알고 있는지는 몰라도 난 언제나 너를 사랑했다. 네가 오빠인 척 굴 때도 사랑했고, 심술을 부려도 사랑했다. 이 순간 마지막 유서는 꼭 너에게 남겨야 한다고 생각할 만큼. 죽어서도 사랑할지 그건 잘 모르겠지만…….

이번 해외 출국에는 처음으로 네가 배웅해주지 않았지. 그래서 내가 생각하는 너의 마지막 모습이 가물가물해. 혼자서 공항에 덩그러니 놓인 채 허겁지겁 뛰어오는 너를 몇 번이고 상상했었다. 하지만 괜히 미안하게 생각하진 마. 네가 나오지 않았기 때문에 모든 일이 잘못된 것은 아니니까.

생각해보면 네가 아니었음 원활한 작품 활동을 할 수 없었을 거야. 늘 전시 준비부터 마무리까지 도와주어서 정말 고마웠어.

다만 내가 마지막으로 당부할 것은… 알다시피 이번에 베니스 스튜디오에 입주 허가를 받으면서 나는 사람들에게 예술 후원을 받았어. 한 달 동안 베니스에 머물면서 창작한 작품으로 돌려드리기로 했는데, 그걸 내가 할 수 없게 된다면… 한국에 남아 있는 작품으로 한 분 한 분 네가 챙겨 드려주길 바란다.

아. 죽고 나서의 일이 짐작되지 않아. 어떻게 될까. 아마도 내 생각엔 점점 모든 것을 잊고 점인지도 모르는 형태로 영원히 부유하게 될 것 같아.

비행기가 무한정 연착되고 있어.

난 사실 죽기 전에 맨몸으로 하늘을 날거나 물속을 헤엄치거나 둘 중 하나는 하고 싶었었어.

어릴 때는 왠지 난 죽을 것 같지 않았어. 세상은 나를 중심으로 흐른다고 생각했어. 내가 잠들면 세상은 같이 잠들고 내가 깨어나야 모든 것이 움직였으니까. 그래서 툭하면 겁 없이 암벽을 오르고, 뗏목을 타고 깊은 바다에도 들어갔었어. 그래도 역시 목숨이 질겨서인지 좀처럼 죽지 않았고. 그래서 맨몸으로 하늘을 날거나 물속을 헤엄치는 건 나중에 얼마든지 할 수 있을 줄 알았다.

난 또 커서 무지무지한 미인이 되어 굉장한 생애를 살고 싶었어. 어쩌다 보니 무지무지한 미인이 될 기회는 놓쳤지만, 생애를 엮어 갈 생각을 하면 심장이 도근거렸고. 또 반사적으로 심장이 도근거릴 때면, 생애를 엮어 갈 궁리도 하곤 했었는데. 이제는 곧 죽을지도 모른다니.

가족들에게는 천천히 전하길 바란다. 내가 완벽하게 죽고 나서 말이야. 굳이 퍼센트로 따지자면 지금은 죽을 것 같은 생각이 85퍼센트, 혹시 살 수도 있을 거라는 희망이 15퍼센트거든.

난 언제나 가족 모두를 사랑했고 지금도 역시 사랑해. 나중에 그렇게 전해줘.

여전히 비행기가 언제 뜰지 모르는 상황이야. 다른 사람들도 잠들지 못하고, 그저 노곤한 오후의 코알라들처럼 늘어진 채 기다리고 있어. 이 사람들은 알까, 자신이 죽을 수도 있다는 것을. 아. 어떤 순간이 와도 담담하고 싶었는데, 이미 감정 계획은 틀어졌어. 난 곧 죽을 것 같아. 곧 죽을 것 같다는 말이 쓰여 있는 유서를 받는 기분은 어떠니. 근데 사실이야. 난 정말 곧 죽을 것 같다고.

이미 전송된 메시지는 되돌릴 수 없겠지. 아, 나는 죽고 없는데 나중에 이런 글이 구질구질해 보이면 어쩌지. 난 좀 신비주의로 남고 싶은데, 죽기 전에 쓴 거니까 너그럽게 이해해줄까.

동생아. 너는 우리 집안의 기둥인 거 알지, 하고 말하면 평생 짐을 지우는 일이 될 거야. 난 그런 진부한 누나가 아니다. 집안 걱정일랑 말고 네가 하고 싶은 대로 살아. 이미 그러고 있지만 더 격렬하게 그러길 바란다.

아… 나 이렇게 죽어도 되는 걸까. 과연 그동안 남긴 작품은 충분한 걸까. 내 시신을 찾는다면 태워서 아무도 기억 못 할 장소에 뿌려줘. 부디 한 사람의 독특한 예술가로 사람들이 날 기억해주길.

2016년 8월
베니스의 눈앞에서 수민

안녕하세요. 그동안 어떻게 잘 지내셨나요?

나는 한 번의 죽을 고비를 넘기고 이탈리아 베니스에서의 첫 아침을 맞이했습니다. 뭐 아직 죽을지도 모른다는 생각은 여전하고요. 이상하게 들리겠지만 난 어쩌면 한국에 돌아가지 못할 수도 있어요. 왜냐하면 모든 것이 죽을 것만 같이 흘러가기 때문입니다.

매일 마지막이 될지도 모르는 글을 죽기 전까지 계속 쓰기로 했어요. 그래서 새삼스럽게 나를 다시 설명할지도 몰라요.

나를 제대로 알리고 나서 죽고 싶거든요.

난 어쩌면 곧 죽을지도 모른다.
엉뚱하고 터무니없어 보일지도 모를 이 생각이
내게는 너무 선명하고 지독하다.
힘들게 도착한 베니스.
어떤 날들이 나에게 펼쳐질까.

나는 전수민입니다.

사실 매년 아무도 모르게 유서를 써왔어요. 나름대로는 '언제 죽어도 괜찮을 만한 준비'를 늘 해왔달까요. 진심으로 죽을 거라고 생각하면서 쓰다 보면 이상하게도 결국에는 '만약에 내가 산다면 얼마나 잘 살지' 다짐하는 글이 되어서, 매년 유서 내용이 더 나아지곤 했죠. 매번 죽을힘을 다해 이룬 목록은 빼고 다시 썼으니까요.

시작은 고등학교 때였어요. 그때도 가끔 유서를 썼는데 어느 날 무단 외출을 하고 돌아왔더니, 내 책상 서랍 속에 있던 그 유서가 문제가 되어 열여덟 살의 내가 경찰서에 실종 신고가 되어 있었어요. 너무 놀랐던 엄마가 나를 보자 안심한 것도 잠시, 두 번 다시는 그러지 말라고 얼마나 매질을 하셨는지 밤새 몸살을 앓을 지경이었어요. 그때 내 두 종아리의 멍은 정말이지 가관이었습니다.
그 후 쓴 유서들은 한 해를 보내면서 소각하거나 아주 깊은 곳에 보관하고는 해서 어떨 때는 나도 찾지 못했어요.

여동생의 간밤 꿈에 내가 나왔대요. 책상에서 일어나며 "이제 가야겠다." 말했대요. 이제 가야겠다…라니. 여동생은 언니가 외국에 가려고 그랬구나, 싶었다지만 난 어쩐지 벼락같은 충격을 받았어요. 여동생은 평소 예지몽을 잘 꾸거든요. 생각해보세요. 이제 가야겠다, 라니. 그 말은 영원히 떠나는 게 아닌가 이 말입니다.

난 베니스에 가고 싶지 않다고 주변에 몇 번이나 말했었어요. 그런
데 사람들은 십시일반 비행기 값을 마련해서 가난한 예술가를 베니
스에 보내고야 말았습니다.
결국 이렇게 베니스에 오게 되었고, 아직은 다행히 살아서 편지를
써요. 혹시 운이 좋아서 더 산다면 그만큼 하루하루 편지가 늘어가
겠지요. 이탈리아에 머무는 내내 죽지 않아서 매일 편지를 쓴다면
마지막 날엔 동생에게 쓴 유서와 모두 합쳐 서른두 통의 편지가 남
을 거예요.

설령 내가 죽더라도 그건 어느 누구의 잘못도 아니에요. 그저 운명
이지요. 내가 죽고 이 편지를 받으면 어떨까……. 지금은 뭐 그런 심
경까지 헤아리고 싶진 않습니다.
이미 내 동생은 유서 같은 내 메시지를 받고도 콧방귀를 뀌었지요.
어제 독일에서는 테러로 인해서 공항 부근은 초비상 상태였다고 했
는데도. 그렇다고 해서 보란 듯이 죽을 생각은 없지만…….

아, 내가 너무 보고 싶었다고 얘기했던가요?
보고 싶었습니다.
사실 누구나 보고 싶긴 했어요.

나만 보면 짖던 옆집 개도 보고 싶었지요.
그렇다고 해서 아무나 보고 싶었던 건 아니에요.
'누구나'와 '아무나'는 너무 다르잖아요.

어제 한국의 출국 심사대에서는 뾰족한 색연필들 때문에 걸렸었어
요. 너무 뾰족한 색연필은 위험해 보일 수도 있겠구나… 잠시 연필
한 자루로 목을 따는 첩보원을 떠올리며 긴장했지만 이내 곧 통과
되었습니다. 만약에 내 생각도 검열되었다면 그렇게 쉽게 풀려나진
못했을 거예요.

나는 이탈리아 시각으로 2016년 8월 1일 밤 10시 35분경 마르코폴
로 공항에 도착할 예정이었습니다. 인천 공항 출발, 뮌헨 공항에서
환승 예정이었지요. 그런데 밤 9시 10분 뮌헨에서 출발 예정이던 항
공편의 게이트가 갑자기 바뀌는 바람에 20분가량을 미친 듯이 뛰
게 되었어요. 심장이 터질 것 같은데 다행인지 불행인지 비행기가
연착된다는 안내가 있었어요. (어떻게 그 말을 알아들었는지 모르겠지
만) 바뀐 게이트 앞에는 나처럼 기다리는 사람들이 점점 늘어났지
요. 전광판에는 '언제 이륙할지 모름' 같은 의미로 짐작되는 독일어
가 떴습니다. 그런데 항공사 측에서는 사과는커녕 이렇다 할 해명도
없고, 기다리는 다른 사람들도 모두 포기한 듯한 얼굴이더라고요.
생소했어요. 설령 오늘 중으로 비행기가 뜨지 않더라도 뭐, 할 수 없

지 하는 얼굴들. 또 동양인이 단 한 명도 없었어요. 덕분에 완벽한 이질감을 느꼈지요. 언제 출발하는지, 마르코폴로 공항 도착 시간은 몇 시인지, 기약도 없이 무작정 기다리기만 한 지 두 시간이 넘어 뮌헨에서만 총 여덟 시간을 넘게 머무르고 있었습니다. 예정대로의 비행기에 올랐다면 그 비행기가 문제였을까. 난 지금 죽음을 피해간 걸까, 죽음을 앞두고 있는 걸까.

이미 밤 11시가 다 되어가고 있었어요. 이런 연착은 흔한 일인가요?

나는 좀처럼 화를 잘 내지 못해서 화가 났어요.

남동생에게 두서없는 메시지를 보내다가 드디어 후원해주신 분들 전화번호를 급히 찾아서 남동생에게 보낼 메시지에 옮겨 적고 있는데 갑자기 출국 수속이 시작되었고, 아… 번호… 번호… 다급하기 짝이 없었지만 비행기에 몸을 실을 수밖에 없었지요.

설령 살아서 마르코폴로 공항에 도착하더라도 자정이 넘어서 도착하니까 혼자 심야 택시를 이용해야 하는 공포감이 또 남았어요. 작년 12월 미국에 갔을 때도 초저녁인데 흑인이 내 뒤를 계속 따라오며 시비를 걸어서 식겁했었거든요. 서양에서는 혼자인 동양 여자를 쉽게 보는 경향이 있대요. 심지어 난 누가 봐도 목돈의 현금을 가진, 이탈리아어도 못하는 어리바리한 동양 여자였고요. 한국은 새

뮌헨 공항에서 비행기가 연착됐다.
여덟 시간을 넘겼다. 기약 없는 이륙,
하염없는 기다림. 그러나
언제나 다시 시작되는 우리들의 삶……
비행기가 서서히 움직인다.

벽이라 누구에게든 전화해 징징대지도 못하고, 또 혹시나 그러는 바람에 오히려 주변에서 얕보아 범죄의(?) 표적이 될까 봐 입을 앙다물고 최선을 다해 눈을 찢고 있었어요.

죽을 것 같은 기분이 든다고 어떻게 죽을지 아는 건 아니니까. 도처에는 죽음이 가득해서 잠시만 한눈팔아도 죽을 것만 같아 피가 말랐어요. 그렇다고 100퍼센트 죽을 것 같은 건 아니고 설마설마, 단단히 대비하면 살 수 있지는 않을까 생각도 교차하고 있어서, 안정과 흥분 상태가 교차했고요.

난 좀 미친 것 같았어요.

내가 너무 보고 싶었다고 얘기했던가요?
죽음의 눈앞에서,
정말이지 너무 보고 싶었습니다.

아침이 되었습니다.

지금 돌연, 잠결에 무의식적으로 왼쪽 볼 위의 모기 물린 자국들을 긁게 될까 봐 다소 심각해요. 격동의 8월 1일을 보냈는데도.

국경을 넘고 독일에서 기다림의 여덟 시간을 보냈고, 천신만고 끝에 마르코폴로 공항에 도착해, 택시기사에게 팁을 얹어주며 스튜디오에 새벽 1시에 들어서니, 긴장이 풀려 눈물이 주르르 났어요.

따뜻한 물에 샤워를 하는데 온몸이 흐물댔습니다. 머리카락을 채

말리기도 전에 잠에 빠져들었어요.

사람은 참 간사해요. 아니 내가 참 간사해요. 아침에 일어나 멍하니 하얀 천정을 바라보다가 (천장에 전등도, 다른 어떤 것도 없었어요!) 어쩌면 저다지도 하얗기만 한지 신기해서 아직 하얀 꿈을 꾸는 게 아닌가 했어요. 그리고 잠이 스르르 달아나자마자 얼굴이 간질간 질, 모기 물린 것에나 신경 쓰였어요.
세상에. 맙소사. 살았는데!
내가 안 죽고 살았는데도 말이에요!

그런데 '시차'라는 거 말이에요, 정말 신기하지 않나요?
나는 여기 이탈리아에 있는데 우리 사이 간격은 현재 일곱 시간이 나 돼요. 이건 뭔가 우주의 법칙 같은 것에 놀아나고 있는 것 같은 느낌이에요.
만약 한국에서부터 모기가 어찌어찌 나를 따라왔다면 모기도 시차 때문에 어지럽거나 피곤할까요? 이상하게도 질긴 생명력의 모기잖 아요.

어쨌거나 난 죽지 않았고, 왠지 죽음이 당분간은 미루어진 듯한 느 낌이 들었어요.

이탈리아에서 한 달간 묵게 될 스튜디오의 쉐어룸에는 침대가 세개 있었어요. 며칠 이내로 류와 무가 입주하여 셋이서 방을 쓰게 될 예정입니다.

이렇게 깔끔한 환경은 처음이에요. 스튜디오 관리자인 킴이 얼마나 이 공간에 애착을 가지는지 짐작이 되었어요. 이전 입주자들의 흔적이 단 하나도 없이(이를테면 쓰다 남은 치약이나 사용하던 수건도 한 장 없이) 너무나 깔끔하고 정리정돈이 잘되어 있어서 내 방에 발을 딛는 그 순간, 마치 내가 이곳에 들어오는 최초의 인간인 것만 같았지요.

주섬주섬 짐을 풀기 시작했어요. 애초에 단출했던 짐이라 별로 풀 것도 없었지만 얼추 정리가 되었다 싶을 때 싸갔던 즉석 밥을 데워 김치와 함께 허겁지겁 먹었어요.

너무 맛있고 안심되어서 눈물이 날 지경이었지요.

참, 어제 처음 만났던 킴은… 비행기 연착으로 오래 기다렸을 텐데도 웃으면서 나를 맞이해주었습니다.

스튜디오는 2층이었는데 나보다 연약해 보이는 킴은 캐리어를 번쩍 들어주었지요. 자신을 킴이라고 소개할 때 난 정말 깜짝 놀랐습니다. 이메일을 주고받을 때 그가 오십대 듬직한 남성일 거라고 생각했는데, 의외로 날렵하고 예리한 사람이었거든요. 이메일상으로 무척이나 정중하고 예의가 발라서 그렇게 오해했는지도 몰라요.

먼지 하나 없이 깔끔한 스튜디오의 내 방.
낯선 곳에서, 우리는
누구나 '최초의 인간'이 된다.

옷을 모두 꺼내 걸어도,
빈 옷걸이가 여럿이다.
단출한 일상, 여백 가득한 삶….
'패션'은 사라져도 좋다.
유행이 사라진 곳에서만
나만의 '스타일'이 시작된다.

일단 그를 그라고 부르겠습니다. 왜냐하면 외모는 아름다웠지만 뭔가 '그' 같은 면이 있었거든요. 시간이 늦었으니 간단히 설명해준다는 입주 규칙이 A4 용지로 세 장 빼곡했어요. 요약하면 이랬어요.

　_ 입주자들끼리 무조건 낮춤말을 할 것
　_ 나이는 묻지 말고, 상대의 이름이나 애칭을 부를 것
　_ 어디 사는지 묻지 말 것

이어 스튜디오에 먼저 도착해 있던 케이도 만났어요. 처음 보는데 반말을 해야 해서 어색했지만 또 하다 보니 익숙해져서 오래 알던 친구 같았지요.
"안녕. 난 케이라고 해. 한국에서 뮤지컬 배우 활동을 하지."
난 말이 끝나기가 무섭게 "오오!" 감탄했고,
나는 화가라고 했더니 케이도 "오오, 화가 처음 본다."라고 해서 같이 웃었어요.
케이는 키가 크고 건장한 체격에 이십대 중반으로 보이는 남자였습니다. 그는 웃음이 호탕하고 좋은 목소리를 가졌어요.

케이가 불쑥 말했어요.
"우리 친하게 지내자, 영원히."
나는 "에이, 영원한 것은 없는데" 하고 단호하게 말했어요.

그랬더니 케이가 정말 의아하다는 듯이 말했죠.
"절대 영원할 순 없다고 생각해?"
"응. 뭐든 끝이 있…지 않나?"
그러자 그가 어깨를 으쓱해 보이며 말했습니다.
"영원한 것은 없다는 거. 그건 어떻게 확신하는 거지?
만약에 영원하면? 영원한 게 있다면?"

그러게요. '영원한 것은 없다'고 의심 없이 확신했던 나를 깨달았습니다. 영원한 것은 내가 죽고 나서도 계속될 수 있는 건데 말입니다.
어떠신가요? 영원한 게 있다고 생각하세요?

작업 공간이 정리되자마자 *끄적끄적* 그림을 그리고 있는데 초인종 소리가 들렸습니다. 하루 늦게 입주한 이녕이었습니다. 기대에 차 한 걸음에 현관으로 나가니 수줍은 미소의 청순가련한 이녕이 서 있었습니다.
"안녕, 난 이녕이야."
이녕은 따로 단독 룸을 신청해서 같은 방을 쓰지는 않지만 여자라는 동질감에 반가워 화장실이며 세탁실 등을 자처해서 알려주었습니다.

이녕은 한국에서 보컬 트레이너이자 연극배우 활동을 하며 벌었던 돈을 모두 베니스행에 쏟아부었다고 했어요. 한국으로 돌아가면 조금 다른 삶을 살아보려고 하던 일도 관두었다고 했습니다.

이쯤 되니 며칠 후 입주 예정인 류와 무도 어떤 사람일까, 기대됐어요.

이녕이 짐을 풀기를 기다려 케이와 나, 킴까지 네 사람이 다 같이 식탁에 둘러앉아 간단히 와인과 치즈, 청포도를 먹었어요. 확실히 반말로 이야기를 나누다 보니 나이와 지역을 알고 이야기할 때의 선입견 따위는 없었고, 앞으로 한 달을 어찌 보낼지에 관한 계획을 공유하는 게 주가 되었지요.

스튜디오의 작업 공간.
그림 그리는 이에게 필요한 것은 많지 않다.
몇 자루의 붓과 팔레트와 종이, 물감만 있으면 족하다.
최소한의 도구로 나는 나만의 우주를 만들어낸다.

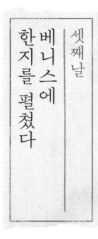

셋째 날

베니스에 한지를 펼쳤다

사람들에게 한 달간 베니스에 입주 작가로 가게 되었다고 했더니 "우와, 우와. 달라질 네가 기대된다!" 했습니다.

그건 재작년 전시 때문에 프랑스 갈 때나 미국 갈 때도 들었던 이야기인데, 외국에 가기 전과 그 이후 내가 뭐가 달라졌는지는 나만 모르고 전부 다 아는 것 같았어요. 참으로 신기했어요. 조금 크게 웃기만 해도, 어떤 옷을 입어도 "과연! 외국물 먹더니 달라졌구나." 하더라구요.

나는 매번 현지에 그리 쉽게 적응할 마음이 없었어요.

낯설고 아름다운 새 환경이 나와 내 작업에 무조건 영향을 끼치진 않아요. 각 나라의 풍경이 어떤지 이미 인터넷이나 책으로 봐왔고, 그저 재확인하는 건 한심하게 느껴져서 명소에 가는 건 더 관심이 없어요.

외국이라면 현지의 삶 자체에 관심이 많습니다. 골목과 골목, 사람들의 오전과 오후, 사람들의 소소한 관심사에. 그래서 한 달간 살게 되었다는 것은 참 매력적인 일이에요.

난 이곳에서 필사적으로 한식을 해 먹을 거고, 한지에다가 작업을 할 예정이에요.

좀 이따 쌀을 구하러 나갈 건데요. 그런데 한국 쌀과 똑같은 쌀이 없으면 어떡하지… 생각하니 갑자기 피가 말랐어요.

두근두근.

돗자리를 펼치고 그 위에 한지를 펴서 색을 고르게 올렸습니다. 대개 원래는 모포나 담요 위에서 색을 올립니다. 맨바닥에서 하게 되면 그 밑으로 빠진 물이 다시 종이로 스며들어 고른 염색이 안 되거든요. 이번에는 오히려 얼룩을 만들려고 그냥 돗자리 위에다 염색했습니다. 대신 밝은색을 사용했고요.

색이 만든 얼룩을 보다가 문득 베니스 냄새가 난다고 생각했어요.

돗자리를 펴고 한지를 펼쳤다.
긴 여정에도 지치지 않고 살아 숨 쉬는 우리의 한지.
그 위로 자연스러운 얼룩이 번져나간다.
이역만리 베니스에서도 한지의 매력과 위력은 고스란하다.
은근한 빛을 뽐내지 않고 뿜어낸다.

우리 종이는 언제나 숨을 쉬고 있어요. 주로 닥나무껍질로 만들어 졌는데 혹여나 변질된 종이는 냄새부터가 다르고, 바람이 들면 색을 제대로 받아들일 수 없기 때문에 작품에 따라 종이를 선별하는 것부터가 아주 중요한 일이에요.

우리의 종이는 천 년 이상 보존이 되는 우리 종이만의 힘이 있어요. 1,200년 전 우리 그림도 아직 바스러지지 않은 채 고스란히 보존되어 있다니 그 얼마나 대단한지!

나는 밥을 먹어야 해요. 밥 외의 것들로 때우지를 못하는 편이에요. 그래서 한국에서 준비한 양념 10종에는 멸치 액젓도 있었습니다. 거의 3년간 요리라곤 하지 않았어요. 못 해서 안 한 건 아니었어요. 끼니를 빵 따위로 때우면 먹은 것 같지 않아서요. 밥알은 그냥 빻아 뭉쳐진 빵과 달리 한 알 한 알이 너무나 똘망지게 내 안에 들어와 나를 든든하게 채우거든요. 그래서 무슨 일이든 할 수 있었던 거라고요.
'한국인은 밥심'이라는 말이 괜히 나왔을라고요.

두 번째 들른 슈퍼에서 쌀을 발견했어요.
분명 내가 아는 그 쌀이었어요. 이래뵈도 난 햅쌀과 묵은쌀도 구분할 줄 알거든요. 슈퍼 직원에게 묻지 않아도 다 알아요. 난 위대한

"세상천지 내 돗자리 펼치는 곳이 다 내 작업실이다."
흠… 과연 이렇게 말해도 괜찮을까요? 아마 괜찮을 거예요.
계속 기운 내서 그럴게요.
생각은 진작부터 그랬고,
이미 아무 데서나 잘도 그려요.
평생 붓을 들겠다는 것은
'언제 어디서라도'가 포함되는
다짐이 아닐까 해요.

농민의 자손입니다. 쌀을 발견한 김에, 쌀을 들고 다니면 무거우니까, 산책부터 하고 다시 장을 보자 싶었어요.

그런데 한 시간 남짓 걸었을까. 두리번두리번 걷다가 그만 길을 잃었어요. 내가 이렇게 얘기한다고 해서 '그럴 줄 알았다'고 하면 정말 섭섭해요.
난 그냥 단순한 길치가 아니에요. 무려 방향감각도 서툴러서 삼십 분 거리를 가는 데 세 시간이 걸린 적도 있단 말이에요.

자랑은 아니지만 일종의 '특성'이라고 난 생각해요.
(누군가에게 피해를 준 적도 없고, 또 피해가 되지 않으려고 약속을 하거나 필요한 경우에는 그 자리에 가만히 있는 것도 얼마든지 하거든요.)

그래서 나는 어딜 가도 낯선 곳에선 줄곧 '직진 산책'만 했었어요.
예를 들어 시작점이 사거리라면 그 네 방향을 전부 동서남북 직진해서 돌아오기를 네 번 하게 돼요. 얼마나 부지런해야 하는지…….
조금이라도 용기 내어 왼쪽이나 오른쪽으로 들어서면 영원히 길을 잃을지도 모르니까요. 직진만 하면 그만 돌아가자 싶을 때 딱 멈춰, 뒤로 돌아 시작점까지 걸어가면 되니까요.
그런데 오늘 근처라고 조금 욕심을 냈더니…….

스튜디오 근처 슈퍼에서
쌀과 채소들을 발견했다. 반가웠다.
장 보는 일의 기쁨, 경이 같은 것….
부산과 베니스, 수만 킬로미터의 거리가
단숨에 사라졌다. 나는 장을 보고,
요리를 하고, 하루하루를 살 것이다.
언제든, 어디서든, 빛나는 일상이 펼쳐진다.

혹시나 챙겨 나온 지도라도 펼쳐봤지만.

난 또 지도치예요.

곰곰이 또 생각해보니 길을 알아도 문제, 걸을 힘이 없었어요.

날이 어둑어둑해져 스튜디오로 돌아왔더니 입주 동료 케이가 말했어요.

"수민, 멀리 갔다 왔나 봐?"

아니.

"그럼?"

집 근처 산책을 하다가 길을 잃었어.

"에? 저런! 그래서 택시 탔어?"

아니. 택시 타면 여기 설명을 못 하잖아. 난 이탈리아어를 못 하거든.

"그래서 어떻게 했어?"

마침 버스 정류장이 보여서 종점이 베니스인 버스를 탔어. 종점에서 4L 버스 타면 스튜디오 앞으로 오니까.

케이는 다소 놀라 소리쳤어요.

"그렇지!! 우와. 내 평생 이리 똑똑한 길치는 처음이다."

그래, 케이. 고마워. 그리고 나 쌀을 구해왔어!

이 상황은 이를테면 인사동에서 삼청동까지 걷다가 길을 잃어서 일

물이 많은 도시에 가는 꿈을 세 번이나 꿨었다. 한국에 있을 때였다.
예지몽…. 꿈은 정말 미래를 비춰주는 걸까. 산책을 하다가
골목을 몇 번 틀었다. 그리고 무심코 물로 가득 찬 거리에 들어섰다. 꿈에서
봤던 바로 그곳! 나는 나도 모르게 아악, 소리를 질렀다!

단 지하철을 타고 확실하게 아는 서울역까지 갔다가 인사동으로 다시 돌아온 그런 장면이랄까요. 그러니까 내 생각에 난 다소 치밀한 사람이에요.

그 와중에 케이는 이녕에게 소리쳤어요.

"이녕, 수민이 왔어! 길을 잃었었대. 근데 택시 안 타고 본섬까지 버스 타고 들어갔다가 다시 나왔대, 하하하."

긴장했던 탓에 어깨가 결려왔어요. 아직 내 나이 오십도 아닌데. 조금만 스트레스를 받아도 오십견이 오는 나는 눈을 감고 어깨나 주무르는데. 그러고 보니 몸이 결린다고 스스로 주무르는 아가를 본 적이 없어요. 아… 그래서 아가는 그냥 바락바락 우는 게 아닐까요. 가끔 이유도 모르겠는데 아가들이 울 때 있잖아요. 그럴 때 혹시 어깨가 결려서 그런 거 아닐까요.

길을 잃었다. 어두워지기 전,
스튜디오로 돌아갈 수 있을까.
택시를 탈 엄두가 나지 않았다.
기사에게 목적지를 설명할 자신이 없었다.
'베니스 종점'을 확인하고 버스에 올랐다.
길을 잃어야, 새로운 길을 찾는다.

오늘도 일어나니 왠지 죽음이 조금 미뤄진 느낌이 들었어요.
좋은 징조예요. 그래서 늦잠을 잤고 깨어나니 11시.
케이와 이녕은 이미 아침식사를 마치고 난 후였어요.

마침 킴이 들어오길래(킴은 삼십여 분 거리에 살아요) 난
"다 같이 점심 먹자. 양배추 쌈이랑 감자볶음 어때?"
말하면서 대답을 듣기도 전에 빛의 속도로 밥을 만들었습니다.
배가 너무 고팠거든요.

우리는 밥을 먹으면서 이런저런 이야기를 많이 했어요.
"그런데 수민은 어떻게 하다 그림을 그리게 됐어, 어릴 때부터 그리고 싶었어?"
이녕이 물었습니다.

나는 "지금부터 전부 다 얘기하고 싶은데 끝까지 들어줄 거야?"
하고 말했어요.
모두 고개를 끄덕끄덕했지요.

그래서 그 마음들이 바뀔세라 숨도 쉬지 않고 말했어요.
마지막이 될지도 모르는 회고잖아요.
뭔가 진지하게 느껴졌는지 모두 끝까지 경청해주었어요.

밥, 양배추 쌈, 감자볶음…. 다 같이 점심을 먹었다.
식탁에 마주 앉는 순간 이야기가 시작됐다.
어릴 때부터 그림을 그리고 싶었던 거야?
이녕의 목소리는 따뜻했다.
슬며시 웃으며 어린 시절을 떠올렸다.
식탁 위의 정다운 대화.

_ 빈농의 둘째 손녀로 태어났어요. 어릴 때부터 본 것을 그대로 잘 그렸습니다.

_ 시골의 인문계 여자고등학교를 체중 72킬로그램으로 뚱뚱하게 졸업했습니다. 우리 전통에 관심이 많아 일찍 사물놀이를 접해서 상쇠였고, 평소 자연과 대화하기를 즐겼습니다. 입시미술을 하고 싶었으나 가난한 형편에 말도 꺼내지 않았습니다. 희곡을 썼고, 큰 상을 받아 국문학 특차를 준비했지만, 수능 당일 열병이 나서 낮은 성적을 받는 바람에 특차는 응시하지 못했습니다.

마음을 진정시킬 때 색연필을 깎는다.
나무 꺼풀이 얇게 벗겨지고,
색색의 심지들이 천천히 제 모습을 드러낸다.
내 마음의 심지는 어떤 것일까.
색연필을 깎으면서 내 마음을 추스른다.
자주 깎지는 않는다.
마음에 늘 진정이 필요한 건 아니니까.

_ 부산에 있는 전문대 문헌정보학과를 과대표 역임하며 졸업했습니다. 그리고 숨만 쉬었는데 꼬박 2년 동안 한 달에 1킬로그램씩 체중이 줄어서 뚱뚱함만은 면했습니다. 졸업한 그해 집이 파산하여 학업은 미루고 대신 기획사에 취업하여 편집 프로그램 다루는 일을 했습니다. 다음 해는 법인 법무사에 입사하여 외국계 은행 법무를 담당했습니다. 이상하게 늘 낙천적이었던 나는 잠시 가수가 되어보려고 방송국도 기웃거렸고, 집의 가전제품은 라디오에 사연을 보내서 장만했습니다.

_ 2005년. 믿었던 사람들에게 사기를 당하여 갖고 있던 모든 재산을 날렸습니다. 망연자실하다 내가 그 빚을 차곡차곡 갚기 시작했습니다. 낮에는 직장생활을 하고 퇴근 후 닥치는 대로 아르바이트도 했습니다. 그러던 어느 날 오랫동안 품고 있던 꿈을 이루기 위해 사직서를 내려고 출근했는데 그날 주임으로 승진을 했고, 승진 소감까지 말했지만 늦은 오후 마음먹은 대로 사직서를 내는 과감함을 보였습니다.

_ 2006년. 하늘이 나를 도왔는지 입시 준비 열흘 만에 미대 편입학 시험에 합격했습니다. 밤낮없이 서서 그림을 그리느라 하지정맥류가 생겼습니다. 학교를 다니기 위해 찜질방과 학교 작업실에서 잠들기도 일쑤였고, 타로점을 독학해 그것으로 아르바이트를 해서

등록금과 재료비를 벌어 휴학 없이 학부를 너끈히 졸업했습니다.

_2008년. 동 대학교 대학원을 장학금 받으며 입학했습니다. 선발 작가로 선정되어 첫 개인전을 가졌고, 이후 매년 초대전을 치렀습니다. 관상학과 수상학을 익혔으며 음양오행을 공부했습니다. 주역 책 읽기를 즐기고, 주로 아이들 미술을 가르치고 그림을 팔기도 해서 생계를 유지했습니다. 그림 그리기를 너무 좋아해서 언제 어디서나 작업할 수 있는 사람이 되었습니다. 그리고 이제 본 것을 그대로 그린다기보다는 아는 것을 그리게 되었습니다.

하지만
'어쩐지 죽을지도 모른다는 생각을 갖고 있다'는 말은 차마 하지 못했어요.

오후에는 혼자 베니스 본섬에 가려고 핑크 모자를 꺼내어 썼어요.
내겐 핑크 모자도 있었고, 또 쓸 준비도 되어 있었거든요.
무슨 말이냐면, 내가 다 말해줄게요.

핑크 모자가 얼마나 무시무시하냐면요, 이를테면 핑크 모자를 쓰고 조금만 눈에 띄면, 사람들은 "핑크 모자가 까분다." 말할 거예요. 설령 가만히 있어도 "핑크 모자가 가만히 있다." 하고요. 말은 안 하더라도 '저기 핑크 모자가 있네.' 하고 생각한단 말입니다. 내가 가로로 있건 세로로 있건 나 대신 '핑크 모자가'라는 주어를 붙이게 되거든요. 누군지는 없고. 영원히 "아, 그때 그 핑크 모자?" 하고.

핑크 모자를 쓰고 버스에서 내렸는데 나보다 앞서 종종걸음으로 가는 완벽한 몸매가 있었습니다. 초 완벽한 비율이었는데 참 아쉬웠어요. 그저 걸어가다니! 날개 달고 날아가거나 하지 않고. 거참, 사람들이 알아보고 감탄도 안 해주는데 말이에요.

그 와중에 핑크 모자는 뒤뚱뒤뚱 교통카드를 주섬주섬 챙겨 넣었어요.

베니스는 마치 그림 같았어요.
하늘과 해와 물은 범벅이 되어 온통 빛으로 가득 차 있었어요.
나는 어두운 곳에 있다가 막 나온 어린아이처럼 온 인상을 찌푸리다가 선글라스를 꺼내어 썼습니다. 이탈리아 자외선에 대해 들은 바가 있어서 한국에서 선글라스를 사 왔거든요. 태어나서 처음으로 산 선글라스였습니다.

베니스는 마치 꿈결 같았어요.
모든 것이 물빛이고 햇빛이고, 온통 빛이라고 생각했습니다.

보자마자 탄성에 탄성을 거듭했지요.
누가 탄성이 헤프다고 말해도 할 수 없어요. 너무 굉장했어요!

선글라스를 쓰고 아름다운 풍경 속을 걷자니 왠지 부르주아가 된 것 같은 느낌이 들어 어색하기도 했습니다. 한국에서는 어쩐지 부끄러워서 선글라스를 꺼내어 써본 적도 없었거든요.

풍경을 찍으면서 든 생각인데,
굳이 '이미 그림 같은 사진'을 그대로 그리고 싶진 않았어요.
사진이랑 똑같이 그릴 거면 사진이 낫지 그림이 무슨 소용일까 싶기도 했고요.

나는 평소에 스케치를 하지 않아요.
한번 그린 그림을 다시 그리지 않는단 철칙이 있고,
같은 것이 다시 반복되는 것을 못 견디기도 하고요.
또 스케치는 작품 결과에 대한 기대치나 의도를 지나치게 붙들어 둔다고 생각하기 때문에요. 이를테면 대개의 화가들은 본그림을 그리기에 앞서 간단한 구상을 하면서 그려보거나, 본그림 위에도 스케치를 하고 그림을 완성하잖아요.

산타루시아 역 부근, 상가 밀집 지역을 걸었다.
오래된 건물 사이 낮은 차양을 친 상점들, 그리고 노점들.
좁은 거리를 헤치고 계단을 오르다 잠시 멈춰 뒤를 돌아봤다. 사람들이 보고 싶었다. 색색의 물건들만큼이나 다양한 사람들.
그 위로 밝은 태양이 여전하다. 오후 5시, 지중해의 낮은 길다.

나는 그 단계가 생략되는 것이죠.
보다 더 자유롭게 작업하고 싶은 이유로 스케치를 생략합니다.

너무 걸었던 탓인지 지쳤어요.
오른손이 무거워서 왼손 위에 올릴 수도 없었지요.
그런데 움직인 건 다리인데!
아무래도 오른손이 살찐 게 분명해요.
그리고 왼손에 힘이 없는 게 분명했지요.
그래서 이제는 왼손을 오른손 위에 올려보려고 시도했어요.
그런데 이런. 마찬가지였어요.
아무래도 양손 다 살이 찐 게 분명해요.
아… 난 지금 힘이 없고 졸려요.

베니스의 한복판을 대운하가 가로지른다. 운하의 가장 좁은 부분에
사람들은 아치형의 우아한 다리를 놓았다. 그게 리알토 다리다.
지금은 운하를 건너는 다리들이 여럿이지만, 한참 동안
베니스의 양쪽을 이어주는 다리론 리알토가 유일했다. 다리를 건너면
또 다른 베니스가 펼쳐질까. 다리 저편을 보고 싶어 광장을 지났다.

거리에서 찍은 풍경 사진을 보며 생각했다.
사진이 이미 그림인데, 그걸 그려봐야 무슨 소용이 있을까.
사진과 똑같은 그림이 의미를 가질 수 있을까.
평소에 스케치도 하지 않는다. 스케치가 작품의 결과를 제한하고, 내 의도를
스케치의 단계에 붙들어 맨다고 생각하기 때문이다. 화가들은 대부분
자신이 바라본 풍경을 그리기에 앞서 구상도 하고 스케치도 한다. 그리고
그림을 완성한다. 스케치의 단계를
나는 늘 생략한다. 보다 자유롭게 작업하고 싶어서….
하늘과 강과 강을 호위하는 건물들을 찍은 뒤, 그림을 그렸다.
둘은 다르다. 같을 수도 없고, 같은 필요도 없다.

산타루치아 역 부근의 풍경을 바라보며 한참을 생각했다.
사람들은 왜 멋진 사진을 보면 그림 같다 하고,
멋진 그림을 보면 사진 같다고 할까.
사진은 사진의 길을, 그림은 그림의 길을 걷는다.

스칼치 다리 위에서
바라본 운하. 작은 보트들이
저마다의 속도로 물살을
가른다. 베니스 사람들에게
물은 길이다. 크고 작은
물의 길이 베니스의 곳곳을
파고든다. 물이 없고,
빛이 없으면 베니스도 없다.

베니스의 아케이드를 걸었다.
주거와 상가가 뒤섞인
베니스의 거리들. 수백 년을
견디며 탄탄해진 보도블록
위로, 아기자기한 건물들이
즐비하다. 자신을 뽐내지 않는
파스텔 톤의 건물들이 거리와
사람을 조용히 품어준다.

베니스 본섬 안의 교통수단은 오로지 배다.
배가 아니면 베니스의 골목길을 지날 수 없다.
배를 타고 골목길을 거니는 동안, 시간은 거꾸로 흐른다.
작은 배들은 베니스의 과거와 현재의 시간을
은밀하게 이어준다.

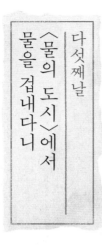

다섯째 날
〈물의 도시〉에서
물을 겁내다니

아주 어릴 때. 백내장으로 앞이 잘 안 보이시는 외할머니와 대중목
욕탕에 갔는데 어쩌다가 난 열탕에 빠졌어요. 그때의 느낌은 지금
도 생생해요. 내 몸의 뚫린 모든 곳으로 뜨거운 물이 솟구쳐 들어와
소용돌이치는 것 같아서 소리조차 지를 수 없었어요.

이렇게 죽는 건가 싶을 때. 어떤 아줌마가 나를 건져냈는데 나는 아
마, 제대로, 정신없이 퉁퉁 불어 있었을 거예요. 정신도 알딸딸한 나
에게 외할머니께서는 엄마한테 말하지 말아달라고 부탁했고, 난 별
로 말이 없는 편이어서, 그저 다른 날보다 조금 일찍 잠이 들었어요.

일주일 후. 외할머니와 또 목욕탕에 갔고 나는 그 열탕에 오 마이 갓, 또 빠졌어요. 그때 내가 세상의 그 무엇도 믿을 수 없다고 생각했을 것 같겠지만, 또 그 아줌마가 나를 건져내면서 "또 그 애네~!" 하니까, 나는 왠지 또, 얼마든지 살아날 수 있을 것 같았지요. 외할머니께서는 또, 엄마한테 말하지 말아달라고 했고, 난 별로 말이 없는 편이어서, 그저 또, 다른 날보다 조금 더 일찍 잠이 들었어요.

덕분에, 나는 아직 수영을 못하고, 발이 닿지 않는 모든 곳의 물을 무서워하며 대중목욕탕에 가면 언제나 외할머니가 생각나요. (원망은 없어요. 내 목숨을 지켜준 건 그 아줌마일지라도, 내 유년의 모든 것을 지켜준 분은 외할머니니까요.)

내가 이 이야기를 하는 이유는요,
바로… 곧 보트를 타러 가거든요.
난 이제
드디어 물에 빠져 죽을 수도 있어요…….

무시무시하게도 킴은 보트를 소유하고 있었어요.
킴이 보트를 타러 가자고 하자마자 케이와 이녕이 좋아서 팔짝팔짝 뛰었고, 나는 죽을 수도 있다는 공포감만을 스멀스멀 느끼기 시작했어요.

현지에 사는 킴의 친구가 합류했어요.
태연이라는 이름의 그녀는 정박해 있는 보트의 밧줄을 풀고 보트
의 구조물들을 능숙하게 정리해주었지요. 태연은 별로 말이 없었지
만 모든 걸 다 헤아리고 있는 듯한 인상이었습니다. '차가운 도시 여
자'의 느낌이었달까요.

나는 이내 수심이 깊어질수록 가쁜 숨을 헐떡이겠지요.
조심스레 튜브나 구명조끼가 있는지 물었어요. 다행히 "걱정 마, 모
든 것이 다 구비되어 있는 보트야."라고 나를 안심시켰죠.
그래도 난 이미 겁먹었지만.
아직 서먹서먹해서 그럴 리 없겠지만
혹시나 케이나 이녕이 놀려보겠답시고 보트를 흔들어대거나 나를
빠트리면⋯
나 기꺼이 기절 직전이 되어 그들이 두고두고 죄책감에 밥도 못 삼
키게 할 작정이에요.

물에 빠져 죽고 싶진 않아요. 물은 너무 무섭거든요.

결국 몸살이 났어요.
안전하려고 지나치게 애를 쓴 모양이지요.
왜냐하면 보트는 사방이 모두 개방되어 있었고, 쌩쌩 달렸고, 큰 파

선착장에 갔다.
스튜디오 운영자 킴이 보트를 태워준다 했다.
난 물이 무서웠다.
이런, 물의 도시에 와서 물을 두려워하다니….
튜브와 구명조끼는 있는 거야?
"걱정 마, 모든 걸 다 갖춘 배야!"
믿어도 될까. 나는 무사할까.

도가 올 때마다 몹시 출렁거렸어요. 보트에서 내리자 다리가 후들
거렸지만 애써 태연한 척했어요.
케이가 여러 번 부축해주었는데, 왠지 죽을 때 죽더라도 몸무게로
민폐를 끼치진 말아야 할 텐데 하는 생각이 불현듯 떠올랐어요.

평소에 '정말 싫어하면' 싫어하는 내색을 좀처럼 하지 않아요.
내가 싫어하는 걸 상대가 알면 그것에 더 신경 쓰게 되거든요. 그게
좀더 불편해서요. 그래서 내가 누굴 싫어하는지 아무도 모르고, 심
지어 나도 내가 누굴 싫어하는지 자주 가물가물해요. 이건 아주 비
밀이고 비밀이지만, 난 몇 마디 말로 설명했습니다.

그래서 보트 타기를 싫어한다는 것을 들키지 않았어요.
아무도 모를 거라고 생각해요. 실은 굉장히 신나서 소리도 질렀어
요. 그런데… 그래서… 내가 더 싫었어요.
보트의 스피드에 으학학학 웃어대다가 '죽어도 여한이 없다'는 말이
갑자기 생각났기 때문이지요.

자꾸 정확한 이유도 없이 죽는다 죽는다 하니까 정말 지겨울지도
모르겠는데,
나도 이러기는 태어나서 처음이에요.
왜 이토록 죽을 거라고 생각하는지, 정말 예민한 나라서 그런 건지,

물이 흔들린다. 바람 없어도, 쉬지 않고 떨어댄다.
구명조끼를 입고도 나는 두려웠다.
두려워하면서도 흔들리는 물빛에 반했다.
물은 두려움인 동시에 매혹이다.
짙푸른 지중해의 물은 더더욱.

한번 죽을지도 모른다고 생각하니까 나도 모르게 그 기분에 사로잡힌 건지 알 수 없지만,
뭔지 명확하게 알 수 없지만,
예술가가 수명이 짧다는 건 그리 어색한 일은 아닌 것 같아서요.

보트에 오르기 싫었다.
'얘들아, 난 그냥 여기서 그림이나 그리면 안 될까?'
아마도 어림없는 소리겠지. 보트는 쌩쌩 달렸고,
작은 파도에도 몹시 출렁거렸다. 난 태연한 척했다.
보트에서 내렸을 땐 제대로 걷지도 못했다. 몸살이 났다.

보트를 타고 가는데 기둥과 기둥에 매여진 그물이 나타났다.
양식장이라 했다. 마음이 편해졌다. 저 안에서 무언가 작은 생명들이
자라고 있을 것이다. 품어주는 물, 감싸주는 물, 키워주는 물….
양식장을 지나면서 나는 잠시 물에 대한 두려움을 잊었다.

내 작업에 주로 사용하는 한지에는 미세한 숨구멍이 있어요. 두터
운 색칠로 그 위를 덮어버리는 대신, 천천히 색을 쌓아 올리는 건
그래서예요. 올리고 말리기를 반복한 그 색들을 한지는 고스란히
받아들이거든요. 정성을 얼마나 들였는지 그대로 드러나죠.
나는 처음부터 종이의 상태를 있는 그대로 받아들여요. 종이에 바
람이 들면 바람이 든 대로, 색이 안 올라가면 안 올라가는 대로…
덕분에 같은 재질의 한지더라도 늘 새로워요.

이곳에 와서도 어김없이 한지를 펼쳐 색을 곱게 물들였어요.

스스로 물을 잘 다룬다고 생각합니다.

그림을 그리는 내내 적시고 씻고 헹구어야 해서, 마르지 않는 샘 같은 수돗물은 현대문명이 준 축복이라고 생각하고 있어요.

수도가 없었다면 난 백 리 길을 걸어 우물을 길어와서 그림을 그려야 했는지도 몰라요. 아니면 우물가에서 그림을 그렸을지도 모르지요.

인류 최초의 그림은 누군가를 그리워하는 마음에서부터 시작되었다고 해요.

달을 보면 그리운 많은 것이 떠오릅니다. 오직 마음으로만 보이는 것, 보이지 않기에 더 잘 보이는 것들을 그림으로 담아냈습니다.

오래전부터 '어디에선가 본 것 같지만 어느 곳에도 없는 풍경'을 작업해왔어요.

누구나 볼 수 있는 풍경은 누구나 그릴 수 있고, 어느 곳에도 없는 풍경은 낯설기만 해서 애착이 가지 않았어요.

하지만 풍경이 좋아요. 풍경은 누구에게나 공평하니까요.

특히 해와 달은 공평하면서도 신비한 힘이 있다고 생각해서 2014년부터는 '해와 달이 있는 풍경'을 작업해왔어요.

해와 달은 '위로', '소망', 또 '우리' 같은 존재이지요.

이렇게 심상에서 오는 풍경을 작업하다 보니

내 작업에 가장 영향을 끼치는 것은 역시 내 자신의 문제입니다.
내가 경험한 수많은 것들이 작품에 영향을 끼칩니다.
생각이란 것은
하다 보면 도중에 어떤 돌발 이유로 끊기거나 왜곡될 수도 있고, 이미 잘못된 기억을 붙들고 반드시 그러할 거라고 믿을 수도 있기 때문에, '불완전한 기억'이란 것을 이해하는 것부터가 작업의 시작인 것 같습니다.

2012년 물이 많은 도시에 가는 꿈을 세 번이나 꿨어요.
그때 꿈에선 본 풍경을 그대로 그렸고,
〈물 위의 도시〉라는 제목으로 서울에서 전시를 하기도 했습니다.

내가 생각하는 '선'은 눈에 보이지 않는 본질이에요.
내가 처음 인상 깊게 본 선은 다섯 살 때 외할아버지가 운명하시는 순간, 기계로 본 떨림 없는 가로선입니다.
그 선은 '삐이' 하는 굉음을 가지고 왔고,
침대맡의 모든 사람들을 수선떨며 울부짖게 만들었습니다.

내가 생각하는 '선'은, 또한 고요함입니다.
수평선과 지평선을 떠올리며 춤을 추고 싶은 사람은 없을 것입니다.
맞닿지 않았지만 맞닿은 것처럼 보이는,

물 위의 도시 Ⅰ, Ⅱ
2014 | 한지에 채색
각 50X50cm | 서울, 개인소장

많은 공기와 먼지가 응축되었을 것 같은 그 선은
나를 지나간 많은 것들에게 데려다줍니다.

오늘 오후 근처 화방에 갔었어요. 이탈리아어를 모르지만 어떤 용도
인지 알 것 같은 미술재료들이 가득했지요.
화방은 언제 가도 기분이 좋아요.

> 나 : 안녕하세요.
> 화방 주인 : 차오.
> 나 : 아저씨, 캔버스 있어요?
> 화방 주인 : #@%₩&×※¿¡¥?
> 나 : 네, 세 개 주세요.
> 화방 주인 : #@%₩&×※¿¡¥?
> 나 : 그리고 물감 있어요?
> 화방 주인 : #@%₩&×※¿¡¥?
> 나 : 더 작은 크기는 없어요? 할 수 없죠, 그럼 그것들만 주세요.
> 화방 주인 : #@%₩&×※¿¡¥?
> 나 : 아, 저는 한국에서 왔어요. 한국 작가예요.
> 화방 주인 : #@%₩&×※¿¡¥?
> 나 : 이건 제 엽서예요. 선물로 드릴게요.
> 화방 주인 : #@%₩&×※¿¡¥?

화방에 갔다. 캔버스와 물감을 샀다.
내 그림이 그려진 엽서를 주인에게 선물했다.
들어가서 나올 때까지 화방 주인의 말을
한마디도 알아듣지 못했다. 그 역시 나의 말을
전혀 알아듣지 못했다. 그러나 아무 문제도 없었다.
사람 사이에 말이 꼭 필요한 것은 아니다.

나 : 네, 그럼 이것만 할게요. 얼마예요?

화방 주인 : #@%₩&×※¿¡¥?

나 : 고맙습니다. 또 올게요.

화방 주인 : #@%₩&×※!

나 : (아저씨가 한국말도 잘 알아듣네······.)

화방만 가면 내 세상이다.
색색의 물감들 사이에서
나는 황홀하다.
작은 유리문 하나를 열고
들어올 뿐인데, 바깥과는
다른 세상이 열린다.
화방 안에서 나는
오랫동안 꿈을 꾸기도 한다.

어릴 때 집안 형편이 넉넉지 않았고 형제도 많아서 뭐든 조금씩 부족했어요. 늘 먼저 잡는 자가 임자였는데, 난 늘 느린 편이었고요.

음식이나 옷 같은 건 아무래도 좋았지만, 왠지 학용품에는 욕심이 있었어요. 학용품 가게에 가면 뭐든지 종류별로 잔뜩 있잖아요. 그래서 어느 날은 몰래 주머니에 하나를 더 넣은 적도 있어요. 결국 나중에 다시 제자리에 갖다 놓았지만요. 그런 어릴 때의 기억이 떠오르는 소박한 메스트레의 화방이었었습니다.

이곳의 경치는 정말 봐도 봐도 눈이 부시고 아름다워요.
해와 달이 있는 베니스의 풍경을 곧 담아낼 계획입니다.
아직 확정된 것은 아니지만 월말에 날을 정해 작은 발표회를 할지도 몰라요.
새로운 것을 경험하고 그것을 표현하는 것은 예술가만이 가진 특권이지요. 베니스의 빛깔을 보고 그 빛깔을 표현하지 않는 예술가는 아마 없을 거예요.

나는 내가 화가인 것이 언제나 좋아요.
우연히 옷에 물감이 묻어도 오히려 더 화가 같아 보일 듯해서 더 마음에 든다니까요.
'화가'라는 명찰을 달고 다니고 싶은 지경이에요.

화방을 나와서도 쉽게 자리를 뜨지 못했다.
어린 시절의 추억이 떠올랐다. 어쩌면 부끄러운 기억.
학용품에 욕심이 많았고, 어느 날인가는
학용품 하나를 몰래 가방에 넣기도 했다.
소박한 베니스의 화방이 멀리 있는 내 유년을 불러내주었다.

베니스의 빛깔을 보고,
그 빛깔을 표현하지 않을 화가는 없을 것이다.
어디나 떠 있는 해와 달을,
베니스의 빛깔에 담기로 했다.

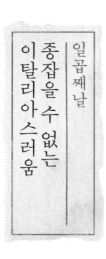

베니스의 예술가들은 주로 무엇을 먹고 살까 하는 생각을 했어요.
커피를 모카포트로 끓여 마시고 이탈리아의 저렴한 술들을 기회만
되면 마셔서 자주 흥건하게 취해 있겠지요. 냉동 피자나 식은 스파
게티도 마다하진 않을 거예요.

이곳 슈퍼는 물가가 싸요!
삼겹살 같은 것도 있어서 대충 모양을 보고 골랐어요. 난 곧 수육
을 해 먹겠지요. 먹는 건 너무 중요해요.

오늘 슈퍼에서 쌀을 몇 봉지나 살까 고민하며 서성이고 있는데 누군가 말을 걸어왔어요.
"저기 혹시 한국인이세요?" 하고.
헉. 난 어떻게 알았지 하고 들킨 것 같았지만
대답은 하지 않고 가만히 쳐다봤어요. 얼굴이 까무잡잡한 동양인이었습니다.
내가 너무 무표정해서였는지 이내
"아, 스미마셍, 니혼진데스까?(아, 실례합니다, 일본인이세요?)"
스고이(굉장하네요), 일본말을 할 수 있는 한국인인가 봐요.
그렇지만 난 역시 대답하지 않고 최선을 다해 눈을 찢으며 계산대로 종종걸음쳐왔습니다.
왜 말을 거는지 궁금하지 않았어요. 대답하고 싶지도 않았고요.

나중에 혹시 또 만나게 되면 그땐 대답해줄지도 몰라요.
나중에 혹시 또 만나게 되면 그건 인연이잖아요.

이탈리아 물감, 당혹스러워요.
내가 알고 있던 그런 성질이 아니어서 실패에 실패를 거듭했습니다.
아크릴물감이라고 쓰여 있었는데, 마를수록 색이 옅어지고 밑그림이 그대로 드러나서 자꾸자꾸 덧칠을 해야 했어요.

제소는 표면을 매끄럽게 해주고 물감의 색을 더 선명하고 일정하게 표현되게 해주는 건데, 이탈리아 제소는 그렇지가 않았어요. 칠해도 칠해도 밑 색이 드러나는 이탈리아 물감. 하도 답답해서 제소 설명서를 읽어달라고 킴에게 부탁했습니다. 그런데 '이 제소는 정말 좋음, 최고 품질임, 그런데 경우에 따라 잘 덮이지 않을 수도 있음'이라고 쓰여 있다고….

"참… 뭔가 이탈리아스럽다." 킴이 말하자

우린 동시에 한바탕 웃었습니다.

이탈리아 물감, 종잡을 수 없다. 적응하느라 애를 먹었다.
분명히 아크릴물감이라고 쓰여 있었는데,
마를수록 색이 옅어지고, 밑그림이 드러나고 마는 것이다.
언제까지 덧칠을 해야 할까….

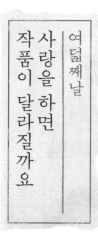

여덟째 날

사랑을 하면 작품이 달라질까요

어느덧 일주일이 흘러버렸습니다.

한국의 날씨는 어떤가요? 여긴 생각보다 선선한 게 꼭 가을 날씨 같아요.

시간이 많아서 생각도 많아요. 난 하루에 오만 가지 이상을 꼭 생각하는 것 같아요.

옛날에요,

급한 방귀마저도 태연하게 다스릴 것 같은 어떤 사람이 있었어요.

흑백으로 나란히 앉은 베니스의 남녀.
사랑을 하면 작품이 달라지냐고 물은 이가 있었다.
난 아직….

그는 언제나 진지하고 담담한 모습이었지요.

지금도 나에게 찾아온다면, 조심스레 노크부터 할 진중한 그 사람을 생각하자니, 그와 나 사이에 잠시라도 어떤 일이 있었던 걸까 의문스러울 지경이에요.

난 그 사람을 '해치워버렸다'고 생각했는데… 내 기억에서 해치워버리고 다시는 떠올리지 않으려고 말이에요. 하지만 잘 정돈된 캔버스를 볼 때마다 여전히 자리하고 있는 그를 발견해요. 차분하게 앉아 있고, 때로 맴돌고, 왕왕대고, 오솔길을 걷는…… 그 이유를 물어오면 나 어쩐지 목이 졸리는 것 같아 대답할 수 없어요.

킴은 이상하게도 그 사람의 느낌 중 일부를 어딘가 모르게 담고 있었어요.

함께 있으면 편안한데도 왠지 또 어려웠지요.

나는 킴과 아무런 사연이 없었는데도,

이미 무슨 일을 몇 차례나 크게 함께 겪어온 느낌이 들었어요.

누군가 예술가는 사랑을 하면 작품도 달라지냐고 물었어요.

글쎄요, 내 경우에는 사랑을 한다고 핑크빛을 많이 쓰게 되거나 하진 않는 것 같아요.

예술가마다 다르지 않을까요.

나의 영감은 꿈속에서 올 때도 있지만, 고요한 명상 중에 주로 나타

납니다.

그림을 시작한 이후 아직 사랑 때문에 작업을 미룬 적은 없는 것
같아요.

이녕이 킴에게 근처 쇼핑몰 위치를 물었어요.

킴이 "태워줄 테니 이왕에 다 같이 나갈까?" 했지요.

난 쇼핑엔 관심이 없었지만 한 번도 가보지 못한 장소에 관한 호기
심은 있어서 선뜻 따라나섰어요. 하지만 큰 쇼핑몰에 도착했는데
우리나라 쇼핑몰과 크게 다르지 않아서 금방 시시해졌어요. 근데
케이와 이녕은 충분한 쇼핑 시간을 원했기 때문에 할 수 없이 난
좀 둘러보고 서점이나 가서 죽치고 있으려는데 킴에게서 연락이 왔
어요. 나부터 집에 데려다주겠다고.

"아니, 어떻게 내 마음을 알았어?" 하고 물었더니 쇼핑 시간이 얼마
나 필요하냐는 말에 케이와 이녕이 "두세 시간."이라고 했는데 그때
나도 모르게 "뭐? 그렇게나 오래?"라고 말했다는 겁니다. 킴은 눈치
가 빨랐어요. 덕분에 나 먼저 스튜디오로 돌아가게 되었지요.

차 안에서 킴을 무심코 볼 때마다 자꾸 무언가가 떠오를 것만 같았
어요.

나는 오래전부터 쇼핑을 싫어했어요. 옷을 하나 살 때 옷 1번부터
100번까지를 보고 옷 하나를 고르는 그 행동을 어쩐지 견디지 못하

쇼핑에 몰두하는 친구들을 두고
쇼핑몰에 딸린 서점으로 혼자 들어갔다.
가지런한 책들 앞에 서자 마음이 편해졌다.

겠더라고요. 그래서 무언가가 필요할 땐 대체로 처음 본 그것을 사요.

킴에게 "월말에 전시를 하게 될까?" 하고 물었더니 아직 확정되진 않았다고 했습니다. 그러면서 덧붙이길 "그냥 자유롭게 편하게 그림을 그리면 될 것 같아."라고 했어요.
자유롭게, 편하게.
하지만 나는 딱 그 순간부터 왠지 자유롭지 못했습니다.
이정표를 잃은 망망대해의 나룻배 같은 심정이었지요.

킴이랑 아이스크림을 먹었다.
이날 아이스크림은 무척 차갑고 달콤했다.
사실 난 '무척 차갑고 달콤한 맛'이 싫어서
평소 아이스크림을 잘 먹지 않는데,
이날의 아이스크림은 제법 맛있었다.

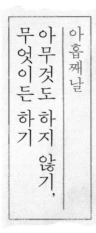

아홉째 날

아무것도 하지 않기,
무엇이든 하기

정말 아무 걱정 없이
자고 싶을 때 자고 먹고 싶을 때 먹고 작업이나 실컷 하는 나날들
을 보냈는데, 이게 뭐람.
아… 이게 뭐람!
이상하게 자유롭지 않았어요.
한국으로 돌아가는 꿈을 꿨는데, 아침에 눈을 뜨니까 '여전히 또 베
니스잖아!' 싶은 거예요.

킴이 월말 발표회는 하게 될지 아직 정확하지 않다고 했어요.

그래요, 나는 아마 '할 수도 있고 안 할 수도 있는' 전시 계획 때문에 무기력해졌어요.

'해야 하는 것'에서 벗어나 '하고 싶은 것'만 하면 되는데

오히려 '할 일이 아무것도 없다' 싶은 것이었어요.

어색하기 짝이 없었지요.

나는 그동안 시간이 없어서 놀지 못한 줄 알았는데,

사실 난 놀기에는 소질이 별로 없었던 모양이에요.

그리고 나를 위한 오롯한 시간이라는 것이 낭만적이지만은 않다는

걸 새삼 깨달아서 소스라치게 놀랐습니다.

이탈리아에서 처음 보는 나를 발견하다니!

아침 일찍부터 다들 나갔는지 스튜디오에는 아무도 없었어요.

입을 꼭 다물고 복도에 섰다가 갑자기 울고 싶었어요.

감각을 곤추세우지 않으면 아무 소리도 들리지 않는 시간이었지요.

무엇이든 내 마음대로 해도 아무 상관 없다는 게 아무래도 시시해서, 괜히 혼자 '허락을 구하며' 돌아다녔습니다.

…어머, 덕분에 편안하게 잘 잤습니다. (주섬주섬 침대를 정리하며)

아, 아닙니다. 제가 자고 난 이부자리인데 당연히 제가 정리해야지

요, 저기 실례가 되지 않는다면 깨끗한 수건과 욕실을 좀 써도 될까요? 네. 고맙습니다.

(사뿐사뿐 걸어 다니며) 네, 저는 뭐든 잘 먹습니다만 괜찮으시다면 스스로 주방에서 간단히 챙겨 먹고 싶습니다만……. (조심스레 라면을 끓임)

일련의 동작들은 신속하고 절도 있어서 제법 만족스러웠어요.
굳이 허락을 구하지 않으면 큰일이 날 것처럼 행동한 이유는 그리해야 더 완벽하기 때문이에요.

햇볕에 따뜻해진 나무 벤치에 앉아 우유를 잔뜩 마시고, 모유를 주지 않으면 이틀이라도 굶었다는 아기 때의 나를 생각했어요.
그건 정말이지 굉장한 의지가 아닌가 말이에요.
엄마 젖이 잘 돌지 않아 언니는 거의 분유로 컸다고 했어요. 그래서 나도 언니처럼 배고프면 먹겠지 싶어서 꼬박 하루가 지나도록 젖을 물리지 않고 분유만 줬다는데요. 어쩐지 우유병은 입에 대지도 않고 바락바락 울기만 했대요. 하는 수 없이 빈 젖이나 먹던 난 뒷집 아줌마의 젖도 자주 얻어먹었다고 했어요. 뒷집 아이는 나와 동갑내기였는데, 상대적으로 늘 마르고 약해서, 난 왠지 죄책감을 느끼며 컸어요.

장소에 어울리는 그림 I.
스튜디오 내부를 살피다가,
식탁에 어울리는 그림을 그렸다.
그림은 때로 주위에 스며들면서
빛나기도 한다고 생각한다.

장소에 어울리는 그림 II.
내 그림이 아무것도 아니었으면,
티 나지 않는 곳에 조용히 놓인 채,
그저 풍경의 일부이기를… 가끔 바란다.

하지만 좀 억울해요.
내 잘못이라 하기엔 그때 난 너무 아무것도 모르는 아기였지 않은
가 말이에요.

나는 언제나 너무 그리고 싶었다, 고 생각했어요.
어릴 때 내 친구들은 기억해요.
"수민, 넌 언제나 뭔가를 그리고 있었잖아."
그래서 지금도 그리고
따뜻하고 정답고 소중한 것들을 그리워하고 표현해요.

비둘기는 혼자서 무슨 생각을 하고 있을까.
청록의 빛바랜 문 위에서 미동도 않는다.
깊은 생각에 잠긴 비둘기를 방해라도 할까,
나는 멀찍이서 바라보기만 했다.

화분들이 그림 같은 집들 앞에 오래 서 있었다.
덧칠한 벽, 낡은 나무 처마, 작고 투박한 창들….
그 앞에서 베니스에 쌓인 시간을 보았다.

무라노 섬을 거쳐 부라노 섬으로 들어가는 수상버스 안에서
칠면조같이 생긴 여자를 봤어요.
턱은 없는데 입술은 나왔고 목이 길고 몸통이 크고 다리가 질겨 보였지요.
또 얇은 샌들을 신고 있었는데 각각 발가락 한 개 반씩이 샌들 밖으로 삐져나가 있었어요. 전생에 칠면조였다가 성급히 인간으로 태어난 것 같았습니다.

베니스 본섬을 떠나 무라노 섬에 나들이 갔다.
낡은 나무 기둥과 그보다 더 낡은 벽 사이,
회랑에서 내 그림자를 보았다.

그렇다면 나는 이 생의 직전에 동글동글한 곰 따위가 아니었을까요.

원래 부라노 섬은 어부들이 사는 곳이었는데 안개가 자주 껴서 어부들이 안개가 심한 날에도 자신의 집을 잘 찾아갈 수 있도록 특별한 색을 칠했다고 해요. 그래서 알록달록하게 예쁜 부라노 섬이 되었다는 유래를 들었습니다.
혼자 다니다 보니 크게 감탄사를 내뱉을 수 없었지만, 마음속은 흥분의 도가니였어요.

이곳의 집들은
물 깊숙이 말뚝을 박아서 그 위에다가 짓는대요.
우와 우와!
난 물 위를 걸어 다니는 거라니요.
이게 말이 되나요.

　너 : 여보세요?
　나 : 나야.
　너 : 응, 웬일이야?
　나 : 응. 내가 전화기를 잃어버릴지도 몰라서 전화했어.
　너 : 무슨 말이야?

부라노 섬은 총천연색이다. 집도 배도 알록달록하다.
짙은 안개 때문이다. 집으로 돌아오는 어부들이
안개 속에서 길을 잃을까, 빨강 노랑 파랑으로 도시를 꾸몄다.
우울한 안개가 명랑한 도시를 만들었다.

나 : 말 그대로야, 전화기를 잃어버리면 전화할 수가 없잖아. 그래서 전화했어. 지금은 전화기가 있거든.
너 : 그러니까 왜 나한테 전화했냐고.
나 : 그야 전화기를 잃어버리면 너에게 전화할 수가 없기 때문이지. 그래서 전화했어. 지금은 전화기가 있다고.

집으로 돌아와 혼자인 것이 적적해서 한국의 시간을 확인하고 인터넷 전화로 친구에게 전화했는데, 아 진짜, 말이 안 통했어요.
그래서 베니스라는 말도 안 해줬어요.

예술가의 삶을 살게 된 이후로 비슷한 사람들이 주변에 늘어나면서 마음 놓고 맘대로 하는 나를 발견했어요. 직장생활을 할 때는 누려보지 못한 호사랄까요.
그때는 내가 뭔가를 솔직히 얘기하면,
……정신과 치료를 권유하기도 했어요.
그래서 이상하려면 몰래 이상해야 했고,
난 직장생활에 철저히 적응하고 편입되어야 했지요.

점점 혼자가 깊어지고 있었어요.
시간에서, 소리가 났어요. 욕조 안으로 들어갔어요.
그러고 보니 발이 닿는 깊이의 물은 내가 너무너무 좋아하는구나

물길을 따라 낡은 주택들이 길게 늘어섰다.
어디까지 이어지는 행렬일까. 어디나 물이고,
어디나 하늘인 도시. 그 물과 빛의 도시를
사람들이 한가롭게 걷는다. 그들은 어디로 향할까.

부라노 섬 주택가에 빨래 걸렸다.
수줍은 듯 자신을 가린 소박한 집들.
베니스 사람들이 자신들의
수더분한 일상을 잠깐 드러냈다.

깨달았어요.
욕조 안으로 기어들어가니까 바닥과 가장 가까운 물은 남고,
위에 있던 물은 욕조 밖으로 나가겠지요.
그런 거잖아요. 그리해야 욕조와 내가 진정 합칠 수 있는 거예요.
무엇이든.
'따로'였다가 '함께'이려고 한다면.
나와 가장 가까운 것은 남기더라도.
뒤늦게 쌓인 어느 정도는 버려야 해요.
함께이려면, 어떤 것을, 버려야 해요.

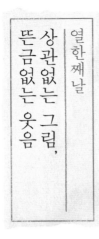

열한째 날

상관없는 그림,
뜬금없는 웃음

산마르코 광장 위 하늘에 뜬 구름을 보고 집으로 돌아와 그림을 그
렸어요.
그림에는 구름 대신 범고래가 떠다녔지요.
제목을 '해와 달이 있는 풍경―베니스'로 붙였습니다.

오늘 간 산마르코 광장에서 한국인들을 정말 많이 봤어요, 순간 한
국인가 싶을 정도로.
역시 명소에는 한국인들이 많다더니!

늦은 오후에는 페이스북으로 알게 된 리를 만났어요.

리는 성악을 전공했고, 일을 하기 위해 베니스로 왔다고 했죠. 짧은 시간에 친근해졌어요. 그건 참 좋은 사람이라는 증거예요.

나는 갑자기 웃음이 터졌어요. 배를 잡고 웃었지요. 리는 영문을 모른 채 일단은 같이 웃으면서 "왜, 왜?" 물었지요. 정확히 얘기하자면 난 패스트푸드점 테이블에서 주문한 햄버거와 함께 자다가 그만 웃음이 터져 일어났어요. 사실 갑자긴 없어요. 난 얼굴 위에 전단지를 덮고 잠을 잤는데 꿈결에 뜬금없이 '무른 변이 묻어 있는 아기 기저귀 냄새'가 나서, 그게 너무 기가 막히고 웃겨서 웃음을 멈출 수가 없었던 거였어요. 다행히 내 앞에 있는 사람은, 거리낌 없이 "너는 정말 정상이 아니다!"라는 말은 해도 무지막지하게 나를 버리진 않을 테니까, 난 영원히 웃을 것처럼 웃으면서, 얘기했어요.

포도주스를 너무 좋아하는 작은 꼬마가 있었어. 크크크큭. 근데 그 꼬마가 크큭큭큭큭 목이 마르자 갖고 있던 포도주스를 벌컥벌컥 너무 빨리 마셔버린 거야. 크크크 그러니까 포도주스가 없잖아? 크크크 평소 포도주스를 얼마나 좋아했던지. 거의 동이 나버린 주스 병을 보고 엉엉 울기 시작한 거야. 다시 사주는 게 중요한 게 아니고 소중한 게 없어지는 게 너무 슬펐던 거야. 하하하, 너무 귀엽지. 크크크 그런데 말이야. 크큭큭. 또 아기들은 기껏해야 선택권이라고는 없는, 이를테면 보호자가 주는 물 같은 음식을 받아먹거나 밀어낼

해와 달이 있는 풍경-베니스
2016 | 캔버스에 아크릴
75X63cm | 베니스 스튜디오 소장

베니스의 물빛, 하늘빛, 그리고 범고래의 몸빛.
마음을 잔잔하게 해주는 빛깔들이다.

산 마르코 광장 하늘 위로 범고래가 유영한다.
물을 나온 고래가 구름으로 떴다.

산마르코 광장을 멀리서 바라보았다.
도시 전체가 해안으로 몰려갔다.
해안을 따라 있는 베니스의 건물들.
베니스는 바다 곁에서 살아왔고, 살아간다.

산마르코 광장에는 한국인들이 넘쳐난다.
광장을 걷다가 서울인가, 부산인가 했다. 그러다 직육면체로 솟은 종탑을
만났다. 멀리서 종소리를 찾아온 비둘기의 날갯짓.

때로는 경험한 것과 상관없는 것을 그린다.
하지만, 어쩌면, 아예 상관없는 건 아닐 거라 생각한다.

수밖에 없는 아기 말이야, 그런 아기가 눌 수 있는 것은 노오란 무
른 똥인데, 그것을 보고 '황금 변'이라고 칭찬하는 선택권을 가진 것
도 어른인 게 아이러니하지 않니.

얼마나 웃었던지 뱃가죽이 얼얼할 지경이었지요.
그래요, 나는 자주 뜬금이 없고 그런 내가 좋아서 곤란한 경우가
가끔 있어요.

페이스북에서 알게 된 리를 만났다.
성악을 전공했고, 일을 위해 베니스로 온 친구.
리가 머무는 숙소의 문 옆으로 붉은 벽돌 몇 개 살짝 드러났다.
무언가 비밀을 감추고 있을 듯한 친구의 집.

베니스에는 바포레토라 불리는 수상버스가 있어요.

관광객들은 이 물 위의 버스로 대운하를 산책합니다.

나도 물 위를 달리는 버스를 탔어요.

리도 섬으로 들어가는 1번 수상버스에서는 달큰하고 비릿한 냄새
가 났지요.

리도 섬에서 천사 같은 꼬마들을 만났습니다.

셋이었어요.

리도 섬에서 손 맞잡은 꼬마들을 만났다.
아기 천사들 같았다.

서로 손을 붙잡고 길거리 음악에 맞춰 뱅글뱅글 돌거나 춤을 추고 있었지요.
너무 오래오래 뱅글뱅글 돌아서 보는 내가 어지러웠어요.
그런데 지켜보는 사람들은 어느 누구도 뱅글뱅글 돌지 않았지요.

리도 섬의 공원.
두 나무 사이의 벤치에 앉고 싶다는 생각을 하면서 사진을 찍었어요. 그럼 앉으면 되는 거였는데 앉진 않았어요.
아무도 앉아 있지 않아서 예쁜 것 같았거든요.
꼭 사진을 찍어서가 아니라
이 장소는 앞으로도 오래오래 생각날 것 같아요.
가끔 그래요. 이유를 모르고도 인상 깊은 게 있지요.

여행을 떠났던 케이가 먼저 들어오고 잠시 후 이녕도 돌아왔어요.
난 두 사람이 샤워를 하거나 짐을 푸는 동안 서둘러 밥을 해주었어요. 아무도 없다가 돌아올 사람들이 돌아오니 반가웠고, 이 친구들은 먹는 게 참 복스러운 타입들이라 뭘 만들어주면 보람차요.
두 사람은 아무래도 먹는 걸로 자주 싸워서 빨리 친해진 것 같아요. 먹을 때마다 서로 경쟁적이라 좀 많이 만들어서 실컷 먹이고 싶어요.

리도 섬의 공원을 거대한 나무 두 그루가 지키고 있다.
그사이에 숨은 듯 자리 잡은 벤치 하나.
비어 있어 더 예쁜….

내가 음식을 만들면 내가 '맛있다'라는 말은 계속하지 않아도 되어서 좋아요.

난 사실 너무 맛있어도 한 번의 '정말 맛있다'만 말하고 싶은데, 다른 사람이 요리를 해주면 왠지 먹기 전에 맛있겠다, 먹으면서 음정말 맛있다, 먹고 나서도 몇 번이고 정말 맛있었다, 고 얘기해야만 할 것 같은 부담이 있거든요.

그래서 내가 요리를 하면 마음이 가벼워요.

내가 요리를 하면

"맛있다라는 말은 한 번이면 충분해. 고마워." 하고

쿨하게 말할 수도 있으니까요.

짧은 여행에서 돌아온
스튜디오 친구들을 위해 요리했다.
맛있어! 그들의 말 한마디면 충분하다.
요리를 하는 동안 마음이 가벼워진다.

만약 내가 손끝 하나로 무엇이든 움직일 수 있는 존재였다면,
무엇이든 보다 더 간단히 할 수 있었겠지만
우선에는 나날이 당황스럽고 곤혹스러웠을 겁니다.
난 날고 싶다고 생각만 하는 게 좋은데 잠시 정신 팔린 동안 이미
날고 있다면,
그저 공상을 즐기는 동안 삽시간에 물이어야 하는 곳을 무지개로
바꿔버렸다면,
가끔 욱해서 앞뒤 없이 속상해했더니 세상이 끝나버리기라도 했다
면.
아후, 어쩌면 좋아요.
생각 하나조차 마음대로 할 수 없는 건 삶이라고 할 수 없는데.
어깨가 너무 무거워 꽁꽁 숨고만 싶을 거 같은데.
다행히 나는 그냥 사람이라서, 그것도 서툴고 부족한 사람이라서
참 좋아요.

이탈리아 사람들은 대개 열심히 일하지 않는다고 해요.

점심시간도 세 시간이나 되어서 주로 문 닫힌 상점이 많았고, 성수기인데도 거의 휴가를 떠났어요. 뭐든 기다려야 하고, 약속을 어기고, 연락도 안 되기 일쑤라 사람들은 평소에 '대비하는 마음'이 된다고 해요. 집 공사를 해도 3년 넘게 걸리는 경우가 많고(무려 50년 이상 몇 세대 간 공사하는 곳도 있고요), 집 계약 때도 소유주가 대개 두 명 이상이라 모두 모이는 것이 어려울뿐더러 그중 한 명이 번복해서 무효가 되는 경우가 있다고 해요. 그런데도 문제를 일으킨 쪽이

미안해하기커녕 "할 수 없지, 걱정 마. 다 잘될 거야." 한다고.

이탈리아 사람들은 서두르지 않고 그 모든 걸 충분히 즐기고 있는 것처럼 보였습니다. 계획 없이 여유롭게 살기에는 너무 좋을 것 같은 나라라고 생각했어요.

이녕과 둘이서 리알토 시장에 갔습니다.
이녕은 해산물을 광적으로 좋아해요. 이녕은 잘 먹는 편인데 참 날씬했어요. 하긴 잠시도 가만히 있는 걸 못 봤어요. 그래서 살이 안 찌나 봐요.

리알토 시장에는 삶이 살아 있었지요. 새우와 연어를 샀는데, 덤으로 새우를 두 개 더 얹어주었어요. 잘만 하면 가격 흥정도 가능한 곳이라니. '사람 사는 게 다 비슷하구나' 생각했어요. 새우는 오븐에 가득 굽고, 싱싱한 연어는 썰어 양파와 함께 잔뜩 먹을 수 있는 양이었는데 총 20유로밖에 들지 않았다구요!

어쩌면 사람들은 '같이 사는' 사람에게 싫증을 내지 않을 수 있을까요. 늘 같은 위치에 눈, 코, 입이 달려 있는데 말이에요. 게다가 항상 비슷하게 웃는데.
때로 그래서 머리모양을 바꾸고 옷을 갈아입는 게 아닌가 싶어요.

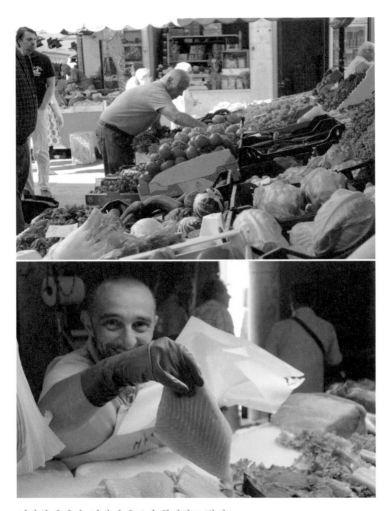

시장의 웃음은 어떤 웃음보다 활기차고 밝다.
리알토 시장 상인의 웃음도 그랬다.
입꼬리를 시원하게 올린 웃음에 어두운 시장이 환해졌다.
그가 건네는 연어의 싱싱한 살이 주황으로 빛났다.

케이가 재료 손질을 하고 이녕이 요리를 했다.
'맛있다'라는 말을 공들여 열 번은 했다.
물론 정말 맛도 있었고.

실제로 어제는 흰 옷이었는데 오늘은 검은 옷이라면, 흰 너와 검은 너로 구분해서 생각할 수 있으니 같은 옷인 것보다는 아무래도 권태를 미룰 확률이 높아요.

좀 너무하다 싶을지도 모르지만 난 내 얼굴도 지겨워서 거울 보기를 꺼린다고요.

그래서 '같이 살자'가 최종 목표가 되는 사람들은 무척 용감한 것 같습니다.

내가 '창작'을 할 수밖에 없는 이유이기도 해요. 그러고 보니 창작은 단순 반복과는 거리가 먼 일이지요.

늦은 시간까지 못 자고 지나간 과거의 일부를 조금 미워하고 있어요.

때로 충격적이고 아팠던 간접적 과거. 그것은 흰 것도 검은 것도 아니고 어중간하게 그냥 지난 것인데. 내가 어찌할 수 없는 사건이었고, 그리고 두 번 다시는 나타나지 않을 텐데도 말이에요.

아, 내가 한 단계 낮아지는 소리.

하품 나네요. 하품, 하니까 하프가 생각나요.

아아, 하프를 켤 수 없어요. 하프가 없어요.

근데 하프를 켜는 방법도 모르니까 마침 다행이기도 하죠.

그래서 그저 손가락이나 두들기다가……

유유자적 살기 좋은 이곳에서
내 머릿속은 복잡하기만 했어요.
늦은 밤, 이메일과 여러 계정들을 좀 정리했어요.
내가 죽고 없을 때 누가 봐도 될 만한 것들만 남겼는지도 몰라요.

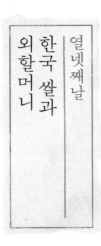

열넷째 날

한국 쌀과
외할머니

오늘로 이탈리아에 온 지 2주가 되었어요.

케이랑 이녕이랑 나란히 앉아 영화 〈투스카니의 태양Under the Tuscan
Sun〉을 봤어요.

이탈리아에서 이탈리아 영화를 봤지요.

그야말로 가능성 충만했어요. 영화에서 나오는 그 풍경들에 뛰어들
기에 말이에요.

간밤에 돌아가신 외할머니가 꿈에 나오셨어요.

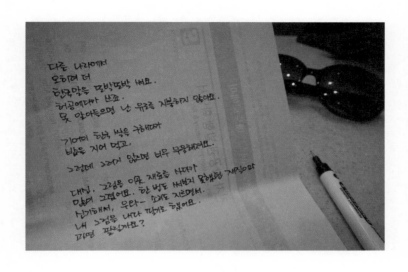

베니스에 와서도 한국말을 쓰고, 한국 쌀을 먹는다.
하지만 그림의 재료는 이탈리아 원산도 쓴다.
한 번도 써보지 못했던 재질이라 신기해서….
산타루치아 역 부근 카페에 앉아 혼자 편지 썼다.

난 꿈인 줄 알아서 반갑기도 하고, 또 꿈에서 깨면 사라지시니 슬프기도 한 복잡한 마음으로 엉엉 울었어요.

"할매~ 와, 왜 왔는데. 뭐 땜에… 내 걱정돼서 왔나." 하면서.

외할머니는 하얀 소복을 입으셨고 아무 말 없으셨지요.

"할매, 근데 내다, 내가 누군지 알재, 알고 찾아온 거재."

난 어릴 때와 얼굴이 많이 바뀌었거든요.

그래서 할매가 못 알아볼까 봐 꿈속에서도 염려했어요.

돌아가신 할매가 꿈에 나오는 건! 아무래도 뭔가 조심해야 한다는 징조가 아닐까요?

그래서 동생한테 메시지를 보냈는데 동생은 또 나를 무시했습니다.

베니스 중심가 뒤편,
작은 광장을 걷다가 종소리에 잠시 멈춰 섰다.
종소리는 그냥 소리가 아니라 이미지다.
광장을 종소리가 가득 채웠다. 음향과 형상으로.

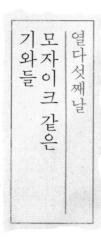

열다섯째날

모자이크 같은 기와들

오줌이 나를 깨웠어요. 빨리 버려달라고.

그것은 내가 곧 죽어도, 내 몸 밖으로 나가려는 의지가 있었어요.

굉장했지요.

문득 오줌을 담았던 방광의 질김 정도가 얼마나 될까 생각했어요.

믿을 만은 할까. 못 미더워서 사람들은 쉽게 '터질 것 같다'고 얘기

하는 건 아닐까.

난 내 몸에 관심이 있어요.

사랑과 정성으로 머리카락과 손톱을 길러요. 무럭무럭 키우고 씻겨주고 닦아줍니다. "많이 길었네." 하고 말도 걸어주고요.

매니큐어도 하지 않고, 어지간해선 미용실에도 안 가고, 필요 없이 치장도 잘 하지 않는 편이라, 언제라도 즉시 건강 상태를 볼 수 있어요. 손톱은 마치 애완용 같지만 소리가 없죠. 때가 되어 잘려나가도 외마디 비명도 없어요.

오줌은 '쏴아—' 하던데
쉬하는 꿈을 꿨는데도 이불이 뽀송뽀송할 때,
난 나의 어른스러움을 느낍니다.

화장실.
좌변기 옆에 또 변기 같은(?) 뭔가가 있었어요. 그걸 보름이 지난 오늘에서야 물었어요. 대체 뭐냐고 물었더니 헐. '수동식 비데'라고 합니다. 왠지 사용 방법은 쑥스러워서 자세히 묻지 않았어요. 하지만 자연친화적인 건 분명해요. 그런데 이탈리아인들은 한국에 가서 자동 비데를 만나고는 더 격하게 놀랐다네요.
이렇게 말했대요.

"비데가 나를 공격했다!!!"

새벽 1시에 설거지통 앞에서 손톱을 깎고,
연이어 손톱깎이를 주머니에 넣고 설거지를 하는 동안
설거지도 싫으면 병이 난다는 언니를 생각했어요.
지금에서야 말이지만
나는 비교적 설거지 완료가 주는 개운함이 기뻐서 설거지를 좋아
하는 편인데, 언젠가부터는 설거지를 할 때마다
설거지도 싫으면 병이 난다는 언니가 자동반사적으로 떠오르게 되
었고, 그러면서 나도 모르게 덩달아 약간 인상을 쓰게 되었지요.
물론 설거지가 싫어진 것은 아니고
눈치챘겠지만 그건 '의리' 같은 감정이에요.

마주 오는 어떤 사람이 무척 낯익었어요.
아, 저번에 나한테 "스미마셍" 했던 사람이었어요.
다행히 그는 나를 알아보기 전에 스쳐갔어요.
또 보는 것 보니 인연인 것 같은데, 말을 걸지는 못했어요.
보통 드라마는 이런 식으로 이야기가 시작되던데,
혹시 위험한 일이 일어나기라도 하면
저 사람이 나를 구해주려나, 하는 생각도 저만치 흘러가는 오후였
습니다.

베니스 화장실 풍경.
좌변기 옆 또 다른 변기의
정체가 궁금해 물었다.
아, 수동식 비데!

베니스의 집들을 덮은 지붕의 기와들은 소꿉장난처럼
아기자기하다. 회백색의 건물들을 덮은 붉고 검은 기와들이
조각보였다가, 모자이크였다가….

세상 도처에 연인들이다.
베니스 역시, 도처에 연인들이다.
사랑이 없는 곳은 없다.

햇빛에 반사된 몇몇 머리카락이 새치처럼 보여서 깜짝 놀랐어요.

이리저리 살펴보며 놀라고 안심하기를 반복하다가,

이런 고민에 빠져서 더 늙어버릴까 봐 걱정됐어요.

그래도 이곳에선 절대 나이를 묻지 않으니까요.

왠지 킴이나 케이, 이녕의 나이가 궁금하지 않았어요.

궁금해하면 안 될 것만 같아서 그런지도 모르지만요.

어제 초저녁 침대맡에 머리를 두지 않고 발을 둔 채(잠들 마음이 없

었거든요) 엎드려 책을 읽다가 그만 그대로 잠들었는데

꿈에 어떤 못된 여자가 나와서,

나보고, 나보다 자기가 훨씬 낫다고 했어요. 기가 막혔죠.

세상에는 형벌도 가지가지구나 생각했어요.

심지어 그 못된 여자는 양산도 쓰고 있었는데, 자외선으로부터 피부를 보호해보겠다는 심산 아닌가요. 난 태어나서 양산이란 건 사본 적도 써본 적도 없는데 말이에요.

근데 나는 맞서 싸우지 않았어요. 왜냐하면 나보다 훨씬 낫다고 했지, 나보다 훨씬 착하다고 한 건 아니었기 때문에, 나는 그 와중에도 나보다 무엇이 더 나은가 하고 찬찬히 살펴보기나 했단 말입니다.

하지만 역시 못된 여자를 주의 깊게 쳐다봐야 하는 것은 형벌이었어요.

이곳 화방은 오전 10시에 문을 여는데 점심시간이 12시부터 오후 3시 30분까지이고 업장 마감은 오후 6시예요. 겨우 문 연 시간을 맞춰 갈 때마다 툭하면 문이 잠겨 있어서

(화방 주인은 조금 늦게 나오거나 조금 일찍 문을 닫거나 하는 것이 분명했습니다.)

이루 말할 수 없이 황망하여 가만히 앉아 있을 때, 킴이 스튜디오로 입장했습니다.

킴이 물었습니다.

"수민, 무슨 문제라도 있어?"

나는 화방 사정을 설명해주었고 킴은 나가자, 나가자, 하면서 더 큰 문구점에 나를 데리고 갔어요. 우와, 근데 거기 재료들이 훨씬 더 많았어요. 내가 유일하게 시간을 두고 쇼핑하는 곳이 문구점이라서 한참 구경하다가 마지막으로 캔버스를 사러 갔는데, 그사이 적당한 사이즈의 캔버스를 누군가 거의 쓸어간 것이었어요.

깜짝 놀라서 일단 남은 몇 개만이라도 골라서 나가니, 세상에, 그 모든 걸 쓸어간 건 다름 아닌 킴이었어요. 아하하하하……. 내게 "마음껏 작업해!"라고 했고, 돈도 받지 않았지요.

아하하, 난 이렇게 많이 그릴 마음은 없었는데. 오픈 스튜디오 전까지 캔버스 전부를 그린다면 서른 점이 넘을 것 같습니다.

참, 오픈 스튜디오의 날이 정해졌어요!

어떤 사정인지는 모르겠지만 결국 류와 무가 나타나지 않아서 그림을 전시할 사람은 나밖에 없었고, 결과적으로 난 이탈리아에서 개인전을 열게 되었어요.

셰익스피어의 〈베니스의 상인〉을 읽은 적이 있어요.

〈베니스의 상인〉은 제목에서 드러나듯 베니스가 작품의 배경이지요. 다양한 삶의 모습을 유쾌하고 재치 있게 그리면서도 깊은 감동

세월이 쌓이면 집들도 골동품이 된다.
빛나는 것도 좋지만, 빛바랜 것도 좋다.
빛바랜 집들이 베니스를 고색창연하게 만든다.

베니스 곳곳의 재밌는
벽화들.
이 흔적들은
과연 아주 이탈리아의
것일까.
하긴, 어느 나라
사람이 그렸더라도…
이젠 이탈리아의 것이
되어버렸다.

을 주는 이야기입니다.

4막 1장에서 포샤가 말해요.
"자비의 본질은 강요되는 것이 아닙니다.
그것은 마치 하늘에서 땅 위로 내리는 고마운 비와 같습니다. 이중의 축복으로 베푸는 자와 받는 자를 동시에 축복해줍니다. 그것은 가장 위력 있는 것 중에서도 가장 위력이 있습니다."

나는 그런 감동적인 작품이 탄생된 베니스에 있는 것이었어요!
새삼 신기하고 즐거웠어요.

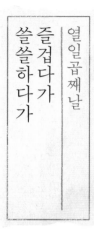

보트로 부지런히 삼십 분 가까이를 달려서 식당 카발리노 트레포르
티에 갔습니다. 아, 보트가 없으면 갈 수 없는 곳이라 또 보트를 타
고야 말았어요.

이곳은 어찌나 유명하고 예약이 힘든지 가기 위해 3년을 벼르고도
못 간 현지인도 있다는데, 우리 일행은 운이 좋게도 세 번의 시도
끝에 갈 수 있었어요.

애피타이저로 생 파슬리와 올리브오일이 살짝 뿌려져 있고 쌉싸름

한 루꼴라가 융단처럼 바닥에 깔린 갯가재를 먹었습니다.
부드럽고 달달한 맛이 그렇게 좋을 수가 없어서 깜짝 놀랐습니다.
갯가재와 화로에 구운 정어리, 농어 요리까지 잔뜩 먹었어요.
아, 구운 정어리는 정말이지 내 취향에 들어맞았어요.
통으로 꼭꼭 씹어 먹는데 절로 눈이 다 감기더라고요.

근처 라군에서 자라는 약초와 세이지로 만든 식후주가 나왔는데
난 대신 에스프레소를 마셨습니다. 티라미수도 먹었는데 평소 단것
을 입에 안 대는 내게도 그 티라미수는 너무 맛있었습니다.

식사 후 내친김에 놀자던 동료들,
나는 또 죽을 수도 있다는 공포심을 애써 감추어야 했어요.

적당한 곳에 닻을 내리고 일사불란하게 수영복을 갈아입은 그들은
재차 "수민은 수영 안 할 거야?" 물었습니다. 내가 어깨를 으쓱하며
수영복도 가져오지 않았고, 생리가 시작되었다고 얘기하자 그제야
나에게 모든 관심을 끊어주었습니다.
큰 배가 지나갈 때마다 보트는 심하게 흔들렸지만 난 이렇게 편지
를 씁니다.
지금 무엇을 하고 있어요?

보트로 삼십 분 넘게 달려야 갈 수 있는 카발리노 트레포르티.
이곳에서 화로에 구운 정어리 요리와
생 파슬리가 촘촘히 뿌려진 조개 요리를 먹었다.

혼들리는 보트에서 지는 해를 망연히 바라보는 여인, 나.

오랜 시간 물에 잠겨 반쯤 썩어들어간 나무 기둥,
그 위로 붉게 녹슨 경첩. 선착장에는
베니스의 세월이 흠씬 묻어난다.

난 어쩌면 사람들에게 상처를 주고 까마득히 잊고 있는 건 아닐까,
하는 생각이 들었어요.
혹시 그래서 그들은 더 상처받은 건 아닐까,
과연 이렇게 태평하게 시간을 즐겨도 되는 것인가….

태연이 자주 나를 보았고
한 번씩 눈이 마주칠 때마다 나는 웃어 보였지만,
마음속에 파고드는 불안감은 노을과 함께 쓸쓸함으로 바뀌어 정수
리까지 따끔거렸습니다.

전통적인 베니스의 배 곤돌라는
배의 양쪽 끝이 날아갈 듯 가볍게 올라가 있다.
곤돌라가 지나다니는 산타루치아 역 앞 풍경.

보트를 탄 날은 이상하게 숙면을 했습니다.
수영을 하지 않아도
죽지 않으려고 애썼던 것, 그 자체로 힘들었나 봅니다.
정말이지 이제는 죽기가 싫은 건지 뭔지 알 수가 없습니다.
이상하게도 죽을 것 같은 기분이 반, 살 것 같은 기분이 반이라서
마음 놓고 죽지도 못하고 마음껏 삶을 누리지도 못하게 되다니,
정말이지 이제는 지겹고 한심하기 짝이 없었습니다.

스튜디오에 입주하고 18일이 지났다.
그동안 겪고 느낀 베니스는 보물 상자 같은 곳이다.
거리, 골목, 운하 지나치는 모든 곳에서
미지의 것들이 출현한다.

오늘은 야심차게 늦잠을 자보려고 알람도 맞추지 않고 잠들었는데
빗소리 때문에 눈이 떠졌습니다.
이곳의 비는 갑자기 천둥번개를 동반하고 내리다가 언제 그랬냐는
듯 그칩니다. 갓 씻어서 듬성듬성 자른 배추 더미 위에다 왕소금을
촤라락 촤라락 무자비하게 뿌리는 것처럼, 내리다가 그치기를 반복
했습니다.

길고 깊은 불안을 갖고 찾은 이탈리아.
내 자신이 한구석에 내버려진 느낌을 받았습니다.
그런데 다른 누구도 아닌 내가,
나를 그리 내버려둔 것입니다.
낯선 장소라서 그런 건지, 내가 낯선 건지.
괜히 모든 게 의미 없고 아무것도 하기 싫은 순간들…….
다행히 오늘은 움직이고 달려지고
아름다운 광경이 흐릅니다.

베니스에서의 하루하루.
어느새 그림들이 켜켜이 쌓여가고,
나의 기분도 쌓여갑니다.

이탈리아 물감으로 색색의 밑작업을 한
캔버스들을 펼쳐 말려 놓았다. 이제 그리면 된다.
곧 그림들이 켜켜이 쌓일 것이다.
나의 뇌는 기분 좋게 조이고, 심장은 경쾌하게 뛸 것이다.

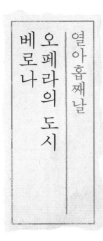

열아홉째 날

오페라의 도시

베로나

"왜 너는 인근 도시에 여행을 가지 않아?"
케이가 물었습니다.
뭐어? 이미 떠나왔는데, 또 떠나라고?

난 어디든 떠날 마음이 없었어요. 말 그대로 이미 떠나왔기 때문이었지요.
"혹시 혼자 다니는 게 두려워서 그러는 거야?"
이녕이 물었습니다.

글쎄, 그냥 귀찮아서 그런 거 아닐까. 어딜 가든 명소를 다니는 것보다 주변이나 산책하고 그림 그리는 게 더 좋더라고.

"이탈리아에 언제 또 와보겠어, 충분히 이 기회를 즐겨야지."
라고들 말했어요.
난 나의 방식으로 즐기고 있다고 생각했는데. 그냥 이곳 베니스의 스튜디오에 있을 바에는 하루빨리 한국의 내 방 안에서 가만히 있고 싶긴 했어요. 그곳엔 필요한 모든 게 다 있으니까요. 어디에 무엇이 있는지 다 아는 그런 익숙한 장소이지요.
그래도 베니스에서 19일이 지난 지금 케이도 이넝도 킴도 태연도 모두 가족처럼 느껴졌습니다. 사람에게 드는 정은 이렇게 속절없는 것 같아요.
아무래도 이제 열흘밖에 남지 않았고,
이곳의 친구들과 헤어질 날이 다가오고 있었으니까요.

기차로 한 시간 정도 거리의 베로나에 오페라 〈아이다Aida, Aïda〉가 공연 중이라고 했어요. 얘기를 듣다 보니 약간 흥분되어 "이상하게도 거긴 가고 싶다!" 말했더니, 모두 반가워하며 "그래그래, 함께 가자." 했습니다.
그리하여 사정이 있어서 못 가게 된 킴을 빼고 케이, 이넝과 이탈리아 기차를 타게 되었어요.

우리는 형편이 다 고만고만해서 경비를 아끼기 위해 김밥 도시락을 쌌어요.
난 이곳에서는 대단한 요리사예요. 한번 제대로 했더니 계속 주로 움직이게 되었습니다.
다들 맛있게 먹는 건 참 행복한 일이고, 누구든 먹이는 건 내가 배부른 일이에요.

'예술가에게 예술은 밥보다 큰 의미인가' 하는 문제로 토론한 적이 있어요.
글쎄요, 먹고사는 문제보다 크고 작고를 떠나 먹고사는 문제만큼 절박한 것 같긴 해요. 늘 창작의 고통에 시달리면서도 전시를 열어야 내가 살아 있는 것 같다는 생각이 들거든요. 케이와 이녕도 비슷한 입장이었어요.

친구들과 기차를
타기 전 김밥을 말았다.
스튜디오에 입주한 이후,
나는 화가인 동시에
요리사다. 그림도, 요리도
누군가에게 행복을
선사한다.

"먹고사는 방법은 많잖아? 그저 먹고사는 게 중요해서 예술을 하는 것 같진 않아. 우린 뭔가 어쩔 수 없이 타고났고, 그것을 해소하면서 살아야 하는 운명인 게 아닐까?"

그런 예술가들과 함께 고민하고 소통하는 게 즐거워서 킴은 스튜디오를 기회의 장으로 꾸려간다고 했습니다. 예술가로 사는 것도 예술가를 돕는 것도 사실 그리 거창하기만 한 건 아니었어요.

가르다 호수는 바다만큼 컸어요.

"이것이 호수라니 말도 안 돼!" 케이가 소리쳤어요.

이탈리아에서 가장 큰 호수라고 하더니 가히 그 크기를 짐작하기 힘들었지요. 사람들도 바닷가에서 그러는 것처럼 일광욕과 수영을 즐기고 있었어요. 호숫가 벤치에 앉아서 김밥을 먹는데 참으로 맛있고 기분이 좋았습니다. 근처 고성에도 올랐어요. 오래된 성을 보면서 옛사람들을 생각했어요. 드레스를 입은 귀족들, 그리고 베로나에서 태어나 베로나에서 죽은 사람들을 생각했어요.

드레스를 불편한 줄도 모르고 입고 살며 로미오를 사랑하다가 죽었을 줄리엣의 집에도 찾아갔어요. 사람들은 긴 줄을 서서 줄리엣의 동상 가슴을 만지면서 사진을 찍었고, 난 사진은 찍지 않았지만 가슴은 만져서 사람들이 순간 크게 웃었지요.

베니스 역에 도착했다. 처음 타는 이탈리아 기차.
기차역은 늘 기다림의 장소다. 그리고 떠남의 장소다.
기다리고 떠나는 것, 그리고 다시 돌아오는 것, 그것만이 삶이다.

호수? 바다?
고성 위에서 저 멀리로 가르다 호수를 내려다보았다.
이탈리아에서 가장 큰 호수다.

줄리엣의 집을 보러 온 사람들.
줄리엣? 로미오와 비운의 사랑을 나누었던
바로 그 줄리엣이다.

매년 이맘때쯤이면 음악을 사랑하는 많은 사람들이 베로나에 모입니다. 아레나 디 베로나 오페라 축제 때문이지요.
별빛과 달빛이 고인 야외무대에서 펼쳐지는 오페라라니 기대가 될 수밖에 없었습니다. 관객들의 손에 들린 수많은 촛불들이 어둠을 내쫓는 모습은 묘한 감동을 주기도 했어요.

그런데 1막이 끝나기가 무섭게 빗방울이 떨어지더니 그치기는커녕 더욱 무지막지하게 내렸습니다.
그래서 나머지 공연이 취소가 되었어요. 헐.
주최 측에서는 관객들에게 모두 해산을 명했어요.
이미 공연을 시작했기 때문에 환불은 없다고 했습니다.
그치지 않는 비만 하염없이 바라보았지요.

우린 그 공연이 새벽 1시 30분에 마칠 거라 생각했고,
다른 계획이 없었습니다.
행사장 요원 중 가장 착해 보이는 사람에게 물어
인근 늦게까지 하는 바를 찾아갔습니다.
물이 너무 마시고 싶었던 이녕이 혼자 물을 사러 나갔는데,
다소 염려스러웠지만 그냥 기다렸어요.
잠시 후 이녕이 핸드백 안에 물을 두 병이나 넣어왔습니다. 여자들의 가방은 작은데 생각보다 많은 것이 들어가서 늘 신기해요.

오래전 검투사들의 경기장이었던 곳이
이제는 오페라 공연장이 되었다.
거친 숨소리 대신 생생한 목소리와
아름다운 음악이 가득하다.

바에서 케이와 이녕은 맥주를, 나는 에스프레소를 주문했어요.

그런데 새벽 3시쯤 바도 문을 닫아야 해서 그곳을 나와야 했어요.
그래도 셋이라서 두렵거나 쓸쓸하진 않았어요.
걷다가 걷다가
넋 놓고 달을 보다 그만, 나를 잃어버렸습니다.

우린 베로나 야경을 한눈에 볼 수 있는 성에 올랐습니다.

새벽 1시 30분에 끝날 예정이던 오페라 공연이
밤 11시가 채 되기도 전에 끝났다.
새벽 3시, 바가 문을 닫았다.
베로나의 야경이 우리를 기다려주고 있었다.

베로나의 야경을 제대로 보기 위해 고성에 올랐대.
친구들과 웃으며 오르막길을 오르자니 얼마나 숨이 가쁘던지,
살이 다 빠져서 내가 다 없어질 것만 같았다.
고성에서 금빛 야경을 보았다.

스무째날

해와 달을 그리고,
베니스를 그렸다

작업하다가

아니, 그냥 작업이 아니라 과감하게 이런저런 실험을 하다가,

그림 두 점과 붓 한 자루를 버리게 되었어요.

어떤 실험인지 자세히 얘기하면 나의 노력이 보잘것없어질지도 모르니까,

그냥 거룩한 도전이었다고 해둘게요.

양손에 비닐장갑을 끼고 모두 수습하고 나니

왠지 모를 처절함과 극심한 공복감이 밀려왔어요.

나만의 작업 공간.
해를 그리고, 달을 그리고,
베니스를 그렸다.

집에 쌀국수가 있었어요.
"얘들아, 쌀국수 먹을래?" 하며 난 또 대답도 듣지 않고 빛의 속도로 쌀국수를 만들기 시작했습니다. 인터넷을 검색하여 최대한 그럴싸하게 만들어봤는데 뜻밖에 너무 맛있어서 다들 베니스에 쌀국숫집을 차리면 어떻겠냐고 권유했습니다.

난 상상했어요.
베니스의 욕쟁이 여자 쌀국숫집은 어떨까,

친구들에게 쌀국수를 만들어 주었다.
처음 만들어본 쌀국수가 그럴싸했다. 쌀국수나 만들어 팔까?
겨울의 베니스엔 길에서 먹을 게 없단다.
쌀국수 팔아 번 돈으로 그림을 그리면 되겠구나, 잠시 생각했다.

무조건 한국말만 쓰게 하는 그런 국숫집 말이에요.

직접 가져가서 먹고 돈도 알아서 내고,

점심때만 한 차례 문을 열었다가 그 외 시간에는 그림을 그리는 그런……

베니스는 겨울에는 길에서 먹을 게 통 없대요.

아, 베니스에 산다면 쌀국수 팔아서 번 돈으로 그림을 그리면 되겠구나 잠시 생각했어요.

하지만 매일 국수만 만드는 건 역시 체질에 맞지 않아요.

남은 베니스의 날들, 열흘이나 남았을까.
그릴 준비를 하고 숨을 골랐다.
이제 본격적으로 그려야 한다.
전시가 얼마 남지 않았다.

모기한테도 열등감이 있을까요?

모기도 자신보다 더 강한 동물에게 위기감을 느낄까요?

아닌 것 같아요. 겁이 하나도 없어 보여요.

나는 관상이 호랑이상인데 날 보고 벌벌 떨기는커녕 나를 세 군데나 물었어요.

내가 눈을 부릅뜨면 모기가 오줌을 지리며 저 멀리 사라지는 상상을 해봐도 분해요.

베니스 모기도 장난이 아니네요.

거리의 화가들은 베니스의 일부로
풍경 안에 녹아 있었다.
그들은 그림에 몰입한다.
그들의 몰입을 방해하는 것은 금기다.
"이 그림 얼마예요?" 거리의 화가들은
그 말에 버럭, 화를 내기도 한다.

이리저리 모기에 물린 채로 산책 나갔어요.

베니스 곳곳의 풍경들이 다양한 방식으로 펼쳐져 있었습니다.

베니스의 화가들은 참 멋져요. 그리는 것에 열중하면 그림을 팔지 않아도 상관없을 만큼 집중한다고 킴에게 들었어요. 한번은 얼마냐고 물었는데, 그림을 그리던 화가가 마구 화를 냈다고요. 그래서 인내심을 갖고 기다려주어야 한대요.

그런데 분명히요. 일반 사람들이 생각하는 화가와 실제 화가의 사정은 달라요. 우리나라에서는 화가들이 길에 나가서 그림을 그리거나 파는 경우는 잘 없어요. 일단 나만 봐도 길에 나가서 그림을 그리거나 팔지는 않아요.

베니스에도 형편이 조금 나은 화가들은 자신의 스튜디오를 갖고 있는데, 그곳에서 그림을 팔거나 계속 작업을 하고 있었어요. 이탈리아 사람들도 길에서 그림을 판매하는 화가와 공방을 가진 화가의 수준을 다르게 생각하고 있더라고요.

한국도 비슷한 상황이고요.

일월연화도-베니스 I
2016 | 한지에 채색
53X70cm | 작가소장

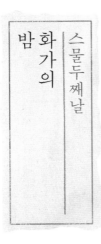

스탠드를 켜려고 손잡이를 당기자 갑자기 '왼쪽'에서 뭔가가 떨어져
쿵 소리가 났는데 재빠르게 '오른쪽'부터 보았습니다. '재빠르다'는
말도 느릴 정도로 난 참 빨랐습니다.

새벽 3시였고, 작업 책상 위 스탠드를 켜려고 손잡이를 당기자마
자 그 당기는 반동에 의해 왼쪽 아래로 뭔가가 떨어졌어요. 그런데
오른쪽에는 저만치 문 안에 케이와 이녕이 있었거든요. 혹시나 깼
을까… 왼쪽에 저질러진 일보다는 아, 역시 내게는 사람이 중하구

전시가 얼마 남지 않았다. 새벽 3시.
스탠드 불빛에 의존해 그림을 그려나갔다. 그날 밤을 샜다.

날이 밝았다. 또 그려야 한다. 오늘도 밤을 샐지 모른다.
밤새 켜져 있다가 지금은 꺼진 스탠드.

나… 싶어서 좀 놀랐습니다. 그 일은 '심각한 데 비해서는 너무 가볍고 재빠르게' 일어났거든요.

언제나 사람이 가장 중한데, 그래서 사람이 가지는 기본이 중한데, 요즘 세상은 어쩐지 사람이 물질보다는 뒤인 것처럼 치부될 때가 왕왕 있어요.

그래서 어떤 사람들은 더 과격해져요. '삐뚤어질 테다'고 말해도 재밌어하는 세상이라서, 더 관심 끌려다 보니 더 과격해지는 것 아닐까요. 과연 그들은 결핍적이니까요. 그렇다고 용납이 되는 건 아니고요. 그래서 비롯되는 관심은 흠을 발견하는 것에 불과해요. 흉터 같은 거죠. 결국 티가 나요. 결국 의도한 것 말고 다른 근원적인 게 드러나요.

언제나 사람부터 되려고 애쓰면서 그림을 그려가고 싶어요.
해가 밝아오고 있어요. 밤을 새워 작업했거든요.

어릴 때부터 언제나 뭔가를 그리던 아이.
지금도 나는 그때처럼
정답고 소중한 것들을 그리워하고 또 그린다.

일월산수도-영원 II
2015 | 한지에 채색
50X50cm | 서울, 개인소장

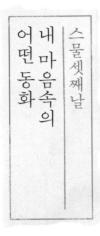

스물셋째 날

내 마음속의
어떤 동화

열아홉 살 때.

어떤 할머니가 날 붙들고 내 걸음을 멈추게 하시더니,

"앞으로 크은 파도가 올 텐데, 놀라지 말고 숨을 꾹 참고 잘 넘기면,
나중에 세상에 이름을 널리 떨칠 만큼 훌륭한 사람이 될 거다." 하
셨습니다.

이후 계절과 시간을 입고 성장해오면서, 몇 번이고 조금만 힘이 들
어도 '아, 그때 말씀하셨던 큰 파도가 이건가?' 싶었는데요. '아, 이건
가?' 할 때마다 그러는 내가 웃겨서 키득키득 웃기도 했어요.

아직 듣지 못한 풍경—베니스 I, II, III, IV
2016 | 캔버스에 아크릴
각 소품 | 베니스, 개인소장

베니스에서 그린 그림 몇 점을 벽에 늘어놓았다.
동화 같다고 생각했다. 베니스의 풍경이 동화였을까,
내 마음이 동심이었을까.

그러다 정작 커다란 파도일 때는 시련인 줄도 모르고 잘 견뎠던 것 같아요. 그래서 수영을 못하면서도 숨 참기와 숨 고르기는 숨쉬기만큼 잘해요.

베니스에서 본 풍경들은 마치 동화와 같았지요.
이탈리아 물감은 그래서 좀 다른 것인가 하는 생각이 들었습니다.
캔버스라는 문이 있는데, 색깔은 약간의 물과 함께 통과하게 돼요.
초록이었는데 그 문을 통과하면 짙은 녹색이 되는 것이죠.
진한 분홍이었는데 그 문을 통과하면 빨강이 되고요.

킴에게 "이것 봐." 하며 몇 차례 보여줄 때마다
킴도 "어머 어머." 하면서 자꾸 놀랐습니다.

지금은 그리는 내가 너무나도 자연스럽고 그리지 않는 내가 오히려 부자연스럽지만, 몇 년 전까지만 해도 그림 그리는 나를 스스로 인정하지 못했었어요.

무슨 말이냐면요, 진로를 고민하다가 같은 학교 대학원으로 일단 진학해서, 아직 나만의 그림이랄 것도 없이 그저 주어진 과제나 해내던 나는, 이제 졸업은 했고 장차 무엇을 할까, 먹고살기 위해 또 무엇을 해야 하나 걱정이나 하고 있었지요. 직장생활을 하다가 드디

베니스 본섬에서 얼마 떨어지지 않은 메스트레의 거리를 걸었다.
흰 건물 앞을, 검정 차림으로 걸어가는 젊은 여성이 눈에 띠어
슬쩍, 사진에 담았다. 그런데 막상 사진을 보고는
자꾸 오른쪽 상단의 창문만 한 빛에 더 눈이 간다.

어 꿈을 찾아 그림을 그리고 있었으면서도 말이에요.

그때 블로그는 내 넋두리 상대였는데, 조회수도 없던 내 게시물에 어느 날부턴가 댓글이 하나씩 달리기 시작했어요. 그래서 처음에는 무심코 적던 많은 이야기들을 차츰 신경 써 수정하고 다듬기에 이르렀지요. 어쩌면 그때 비로소 객관적으로도 화가인 나를 발견했어요. 예술가는 예술작품을 보이려고 하는 본능을 타고났다더니, 나에게서도 그런 예술가 본연의 욕구가 나타난 것이었어요.

댓글을 쓴 사람은 프로 골퍼가 되려는 한 은행원이었어요.

근데 그 사람은 보통 사람이 아니었어요. 왜냐하면 '나는 은행원이다. 직장을 그만두지 않고 직장생활을 하면서 프로 골퍼가 되려고 한다.'는 의지를 블로그에 밝혀두었거든요. 순간 골프라는 것에 대해 무척이나 무지한 나를 느꼈습니다. 적어도 그는 치열한 삶을 살고 있는 것처럼 보였거든요. 내가 그림을 그리겠다고 했을 때 사람들은 사치라고 말했어요. 그림이라는 게 먹고살 만해야 그리는 거 아니냐고…. 골프라는 것에 대해서도 난 그렇게 생각했거든요. 골프는 부자들의 스포츠가 아닌가 하고요.

그런데 어느 날 그가 나에게 찾아와 말했습니다.

"이것 봐요, 뼛속까지 예술가가 되세요. 먹고사는 게 그리 중요한 것이었다면 직장을 그만둘 이유가 없었지 않나요."

네, 그래요. 먹고사는 것만으로는 갈증을 채울 수 없어서 직장을 그만두고 그림을 시작한 거죠. 하지만 그 꿈을 너무 일찍 이루면 그 다음은 어떻게 되는 건가요? 그리고 내가 이룬 꿈이 내가 기다리고 기대하던 꿈이 아니면 또 어떻게 되는 거죠?

조용히 듣고만 있던 그가 말했습니다.
"그러면 이제는 우리처럼 꿈을 이루려고 하는 사람을 도와주면 돼요. 이제 다른 사람의 꿈이 되는 것입니다."
신선한 충격이었어요. 그는 또 덧붙여 말했지요.
"자기 연민에 빠지지 말고 자신을 다듬고 지켜나가요. 자신이 먼저 스스로를 아껴야 다른 사람들도 건드리지 못하는 겁니다. 힘들었던 지난 과거는 이미 일어난 일이지 바뀌는 게 없어요. 하지만 미래는 우리가 지금 무엇을 하느냐에 따라 바뀌잖아요?"
나는 그때 한 기획전에 그림을 출품했다가 하마터면 작품을 뺏길 뻔했는데(초보 작가들의 그림을 '팔아준다'는 명목으로 갈취하는 갤러리를 만난 것이었어요), 그가 성큼성큼 그 갤러리에 찾아가 내 작품을 직접 찾아서 다섯 시간이나 되는 거리를 달려 지방의 날 찾아온 것이었어요. 처음엔 그가 나를 이성으로 좋아하는 줄로만 알았습니다. 하지만 만나서 이야기 나누는 내내 그는 내게 엄중하고 냉정했어요. 왠지 나름대로는 힘든 시간을 잘 버텨왔는데 잘 알지도 못하면서 함부로 나를 혼내는 것처럼 느껴지기도 해서 "대체 나한테 왜 이러는 거냐?"고 울먹였더니 그가 말했죠.

"글쎄요, 내가 왜 이러는 걸까요? 나는 작가님의 예술가로서의 가능성을 느꼈습니다. 나도 형편이 여의치 않아 그림을 사주는 등의 경제적 도움이 되진 못하지만, 이 시점에 아무도 하지 못할 조언은 해주어야겠다고 생각했어요. 부디 자신을 과소평가하지 마세요, 스스로 타협하지 말고 뼛속까지 예술가가 되세요."

베니스 곳곳을 돌아다니면서 아, 나는 뼛속까지 예술가인가 생각했습니다.

나는 언젠가부터 그림을 그리고 싶어 하는 사람들을 가르치고 전시를 열어주는 일을 해왔습니다. 그들에게 난 꿈이 되었지요. 그래서 반짝반짝 빛이 되어 잘 보고 따라올 수 있게 여전히 나를 갈고 닦게 되었고요.

시각장애 아동들에게 그림을 가르치고도 있어요. 그들 대신 색깔을 알려주는 일이 왕왕 있는데, 아이들의 시력은 대개가 마이너스여서 검정색과 남색을 구분하거나 노랑과 연노랑 따위를 구분하기엔 무리가 있으니까 내가 대신 알려줘요. 그때만큼은 아이들도 나도 나의 색깔 구분 능력을 절대적으로 믿지요.

아이들 중에는 시력이 거의 없는 아이도 있는데 마치 그림 속으로 빠져들 듯이 가까이 들여다보며 그려요. '그래도' '그리는' 것이지요.

수상버스, 내 앞자리에 앉은 아이가 맑은 눈으로
무언가를 쳐다보고 있다. 믿음과 사랑이 넘치는 표정.
아이는 옆자리의 아빠와 얘기하는 중이다.

어떤 상황에도 불구하고 말이에요.

그저 그리기를 참 좋아한다고 했어요. 내 마음은 그만 뭉클해졌고, 얼마든지 천천히 하라고 말하며 지켜볼 수밖에요! 지금도 그 아이의 모습이 내 마음속을 떠나지를 않습니다.

그 은행원은 지금 어떻게 되었냐고요?
첫 만남이 2009년이었는데 이후 해마다 한 번씩은 만났어요. 대개 그의 점심시간을 쪼개어 서울시립미술관에서 만나 전시를 보면서 이야기를 나누곤 했는데, 그사이 그도 성장하고 나도 성장하여 서로 조언을 아끼지 않는 좋은 친구 사이가 되었지요.
그는 직장생활을 하면서 정말 프로 골퍼가 되었고, 이후 프로 골퍼를 가르치는 자격을 이수하고 골프 칼럼을 쓰다가, 사랑하는 사람을 만나 결혼하고 귀여운 아들을 낳았습니다. 그는 결혼할 때 화환 대신 작품으로 예식장을 채워서 이색적인 예식을 올렸는데, 그때 당연히 내 그림들도 함께했었어요.

그런데 작년 겨울에 만났을 때 그가 불쑥 "선물이 있어요."라는 것이었어요.

선물이라니요? 난 기대에 차 물었습니다.

"나 의사가 되기로 했어요."

난 너무 놀라 입을 다물 수가 없었습니다.

네? 에에에? 정말요? 근데 그게 왜 선물이에요?

"나는 작가님이 좋아할 줄 알았는데, 하하. 꿈을 수정했잖아요."

프로 골퍼가 되기 위해 체중과 건강을 관리하던 과정에서 문득 사람들의 건강을 위해 물리치료를 공부하고 싶다는 생각을 했대요. 끊임없는 자극을 주는 고마운 그는 지금 뉴질랜드에서 물리치료 과정을 이수하고 있어요. 참 놀라워요.

만약 그가 처음에 선뜻 내게 관심을 내어주지 않았다면

어쩌면 오늘의 내가 없었을지도요.

고래같이 크고 기다란 하루를 보내고

꼬리지느러미 대신 어깨를 들썩이며 스튜디오로 돌아가면서,

문득 나도 등으로 물이라도 뿜어내고 싶어서

물병을 만지작거렸습니다.

베니스 거리에 어둠이 내리기 시작한다.
가로등이 하나둘 켜지고, 상점들도 불을 밝힌다.
황금빛 저녁의 베니스가 펼쳐진다.

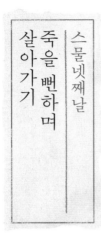

이탈리아 페루자 지역에 대규모 지진이 일어났어요. 스파게티의 고
장이라 찾는 사람이 많아서 관광객만 몇백 명 죽었다고 해요. 괜찮
냐고 한국에서 내 안부들을 물어왔어요. 아, 그래서 나는 좀처럼 여
행을 떠나고 싶지 않았던 것일까요. 여행을 떠난 케이와 이녕에게
괜찮냐고 메시지를 보냈는데 다행히 무사하다고 했어요.

'휴… 살았다.' 하고 멍하니 어슬렁대다가
100그램의 두루마리 휴지'를' 보고 있었어요.

100그램의 두루마리 휴지'가' '나를' 보고 있었어요.

두루마리 휴지는 저울 위에 있었거든요. 소모되고 남은 휴지가 100그램이었던 것이었어요. 스스로도 몰랐을 무게, 라고 생각했어요. 다소 웃을 수는 없는 기분이 되었어요.

처음부터 휴지를 재는 용도의 저울은 아닌 것 같았어요. 내가 어찌할 수 없는 일(만)은 아니었어요. 그리고 그동안 아무도 관심을 두는 것 같지 않았어요.

두루마리 휴지를 들어보았더니 저울의 바늘이 숫자 0으로 옮겨갔어요. 두루마리 휴지는 역시 100그램이었어요. (어쩌면 내가 달리 어찌해볼 수도 있는 일이었지만) 두루마리 휴지를 다시 저울 위에 올려두었어요. 제자리가 아닐 수도 있지만 제자리 같았어요. 그것은 '발견한 당시의 사실', 바로 그 힘이 아닐까 생각했어요.

100그램의 두루마리 휴지'를' 보고 있었어요.

100그램의 두루마리 휴지'가' 보고 있었어요.

나는 정말 다소 웃을 수는 없는 기분이 되었어요.

난 아직도 죽을 뻔하고 있었지요.

죽을 뻔. 죽지 않고 살아서, 죽을 뻔하고 있었습니다.

같은 듯, 다른 듯 두 개의
창문. 쇠창살로 막힌,
저 창 안에선 무슨 일이
벌어지고 있을까. 어떤
얘기가 오가는 걸까.
베니스 거리로 펼쳐지는
일상의 속내가 잠깐,
궁금해졌다.

구걸하는 여인의 빨간
플라스틱 컵이 눈에
들어왔다. 자신의 생계를
이어주는 유일한 방편,
그 작은 플라스틱 컵.
여인은 아마도, 고심 끝에
빨간색을 선택했겠지.

물과 빛의 도시 베니스.
넓은 운하 위로 집들이,
집들 위로 하늘이
펼쳐진다. 어디를 가도
물과 빛으로
가득한 베니스.

운하 저편으로
붉은 노을 진다.
한가하게 물살을 가르는
보트 하나, 운하의 끝을
쳐다보는 소녀 하나.
베니스의 한 시절이
저물어간다.

스물다섯째 날

문 밖에서 갇히다

케이는 여행을 떠나기 전 무언가를 주문하고 그 택배를 꼭 받았으면 좋겠다며, 나에게 계속 집을 있을 건지를 물었습니다. 내가 받아주마 하고 대답하지 않을 수가 없었어요.

이탈리아의 우체부는 우편물 전달에 그다지 책임감이 없다고 합니다. 수취인의 애타는 마음 같은 건 그들에게 우선순위가 아니래요. 대충 두어 번 초인종을 누르고는 별 반응 없으면 왔다 갔다는 증거 쪽지 하나를 남겨두고 홀연히 사라집니다. 그리고 무거운 택배나 우편물을 가지고 계단을 걸어서 올라와주지도 않고요.

하여 모두가 여행을 떠나고 살롱에 홀로 남은 나는 꼭 우편물을 받아야겠다는 강박이 생길 수밖에 없었습니다.

그 강박 덕분에 나는 '밖에' 갇히게 되었고요!

아마도 정오쯤.
커피를 만들려고 뚜껑을 여는 순간 들리는 초인종 소리.
누구세요?

　　상대방 : 포스타 포스타!

헉. 택배인가 보다 하고 서둘러 내려갔는데 우체부였어요. 우편함에 편지 넣었다고 하네요. (이상하게 또 알아들었어요.) 그런데 우편물을 들고 스튜디오로 들어가고 싶었는데 문이 굳게 닫혔어요! 아, 이런! 열쇠가 안에 있고 잠겨버린 거예요. 믿을 수가 없어서 문을 여러 번 흔들어봤어요. 그래봤자 정말 잠겼어요. 에이 설마, 믿을 수가 없어서(보통 현관문을 잠글 때 열쇠로 세 번쯤 돌려서 잠그거든요.) 내 손에 있던 우편물을 열쇠 모양에 최대한 가깝게 잘 접어서 문을 열려고 시도해봤는데 실패했어요.
하긴 이래서 열리면 이 나라 보안은 엉망이겠지요.

스튜디오의 대문.
이제 이 대문을 왔다 갔다 할 날도
며칠 남지 않았다.

난 명상을 시작했습니다. 그때 3층 입주민이 나타났어요. 나는 다급히 "차오" 했어요. 그런데 그는 "할로"라고 했어요. "저기 혹시 베니스 살롱의 킴을 아세요?" 하고 물었는데 나를 외면하면서 올라갔어요.

다시 명상을 시작했어요. 킴에게 텔레파시를 보내고 있는데 그때 초인종 소리가 났고 바바박 내려갔더니 헐, 이젠 택배였어요. 내가 킴, 이라고 대신 사인했어요. 일단 택배는 무사히 받았고요.
이제 나에겐 우편물과 택배가 있어요.

아마 오후 1시 10분쯤.
참, 어제 리가 스튜디오에 놀러 오겠다고 했었어요. 오후 2시쯤 온다 했으니 일단 기다려보기로 했습니다. 그러면 휴대폰을 빌릴 수 있어요. 그런데 킴의 전화번호를 몰라요. 아, 어떡하지… 그래서 두근두근 미안한 마음으로 받은 우편물을 개봉했어요. 왠지 휴대폰 요금 고지서 같았거든요. 오, 다행히 폰 번호가 나타났어요. 반가운 것도 잠시, 전화를 걸 수는 없어요.
봉투를 잘 찢어서 학을 접었어요. 심심했거든요.

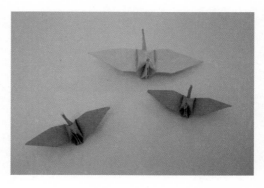

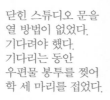

닫힌 스튜디오 문을
열 방법이 없었다.
기다려야 했다.
기다리는 동안
우편물 봉투를 찢어
학 세 마리를 접었다.

아마 오후 2시쯤부터 쭈욱.

4L 버스정류장에서 버스가 다섯 대째 지나갔어요. 리는 아직 오지 않아요. 어쩌면 나랑 연락이 안 되니까 섣부른 시도는 하지 않은 것이겠지요.

"익스큐즈 미, 왓 타임 이즈 잇?"

이제 시간을 확실히 알아요.

지금은 오후 2시 48분.

주변을 산책한다고 생각해봤지만 방황에 가까워요. 화장실에도 가고 싶고요. 그래도 가스레인지에 불을 켜놓은 건 아니라고 생각하니 천만다행이면서 이 정도 시련쯤은 아무것도 아니란 생각이 들었어요. 기분이 조금 나아져서 한국을 생각하며 노래 다섯 곡을 정성을 다해 열창했습니다.

아, 그래도 화방 주인을 아니까 화방 문이 열리길 기다려서 전화를 빌리자, 생각하니 좀 희망이 샘솟았습니다.

아마 오후 3시 30분쯤. 드디어 화방 문이 열렸어요. 난 반가워서 뛰어갔어요.

　나 : 차오!

　화방 주인 : (반가워하며) 차오!

오후 늦게까지 닫힌 스튜디오 문을 열 방법을 찾지 못했다.
계속 학을 접고 있을 수도 없었다.
건물을 나와 산책 아닌 산책을 했다.

나 : 아저씨 휴대폰 좀 빌려주세요.

화방 주인 : #@%₩&×※¿¡¥?

나 : 택배 받으러 나왔다가 문이 잠겼어요.

화방 주인 : #@%₩&×※¿¡¥?

나 : (킴이 전화받을 때 '프론토' 하고 받던 기억이 나서 얼른) '프론토'가 필요해요.

화방 주인 : #@%₩&×※¿¡¥ 텔레포노?

나 : 예스, 텔레포노!

화방 주인 : 노 텔레포노.

다시 절망 시작. 전화가 없다니 말이 되나요……

희망이 싹 사라졌어요. 그래도… 그래도 킴이 올지도 모르잖아요. 하지만 문제가 있어요. 화장실에 더 가고 싶어졌어요. 목도 마르고 배도 고팠고요. 차분히 진정하고 해가 어둑어둑해지면 4L 버스 무임승차를 해야겠다… 하고 생각했어요. 운이 나쁘면 단속에 걸릴지도 모르지만, 그래도 밤새 거리에 있을 순 없는 노릇이었어요.

스튜디오 앞에 망연자실하게 있다가 레스토랑이 하나 있어서 '밑져야 본전'이지 싶어서 주뼛주뼛 입장했어요.

"익스큐즈 미, 아임 스튜디오 아티스트, 캔 아이 유스 유얼 텔레폰?"

그는 "예스, 오브 콜스!" 했습니다.
두 번의 시도 끝에 킴과 통화가 되었고!
바로 달려와주겠다는 킴에게 감격에 겨운 내가 덧붙여 말했습니다.
"그런데, 킴. 내가 이곳에서 음식을 좀 시켜 먹어도 될까?"

킴이 삼십 분 만에 달려와서
이탈리아에서 문이 잠기는 바람에 고생했던 여러 사례를 설명해주었지만, 난 내가 한심해서 견딜 수가 없었어요. 그런데 내가 전화하지 않았다면 킴은 오늘 올 마음이 없었다고 했어요. 그제야 그저 안심하고 안심했어요.

킴과 함께 제육볶음을 만들어서 식사를 마치고, 킴이 설거지를 하는 동안
나는 욕실로 들어가 알몸으로 쪼그려 앉아서 샤워기를 틀었어요.
뜨거운 물이 등줄기를 타고 내리자 몸에서 차가운 게 빠져나가요.
이럴 때 드는 싸해지는 느낌, 이런 느낌은 누구에게나 있는 걸까요.
나는 한동안 아주 쪼그려 앉아 있었어요.
이런 걸 '작정했다'라고 말하는지도 몰라요.
온몸의 섬유근도 구깃구깃 구겨보고 싶을 정도였지만, 설마.
구겨지지는 않겠지요.

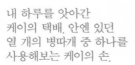

내 하루를 앗아간
케이의 택배, 안엔 있던
열 개의 병따개 중 하나를
사용해보는 케이의 손.

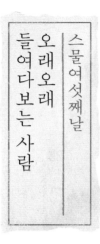

나는 아직 콧구멍이 짝짝이예요.

가끔 욕실 거울을 보다가 심각해져서는 기어이 두 콧구멍의 크기가 같아지도록 이리저리 애쓸 때도 있어요. 이것은 엄마가 그러셨는데 옛날 아주 옛날, 내가 자꾸 오른쪽으로 돌아누웠기 때문이래요. 아기 주제에, 아무리 바로 눕혀도 칠전팔기 오른쪽으로 돌아누웠다지요. 그래서 유치원 때까지 오른쪽 얼굴의 모든 이목구비가 삐뚤어져 있었던 것이에요.

가만히 앉아서 혀로 입안을 훑으며 이도 하나하나 세어봤는데, 의치와 아닌 치아를 구분해서 세어야 하는지 고민이 됐어요. 그렇다면 치료한 이와 치료할 이로 구분하여 세어보자 하다가, 아니 그렇다면, 아직 나지 않고 숨어 있다는 사랑니도 포함하자 하다가, 별안간 혼자 기분이 나빠졌어요. 그런 간단한 셈조차도 쉽게 되지 않아서, 라기보다는…

가끔 풀이 죽어요, 온갖 뜻밖의 상황으로부터.

외출 준비를 했어요.
작업하면서 혹시나 영향을 끼칠까 싶어 일부러 미술관 가기는 나중으로 미뤄왔습니다. 입주 동료들은 그래서 의아해했지요. 당연히 내가 미술관부터 둘러볼 거라고 생각했나 봐요. 하지만 오늘에서야 아카데미아 미술관에 갔어요.
오늘은 월요일이 아니었어요! 다행이에요. 월요일은 휴관이었거든요. 그런데 여기서 나는 월요일을 잃어버렸다는 것을 알았어요. 그러면 오늘은 무슨 요일이더라. 나는 요일 자체를 잃어버렸다는 것을 알았죠.
여하간 월요일은 아니었고 미술관은 펼쳐져 있었어요. 미술관은 수많은 작품들과 함께 펼쳐지고 분류되고 걸려 있었습니다.

수상버스 안에서 젊은 친구들이 "프라이데이!" 하는 소리를 들었어요. 아, 그제야 오늘이 금요일이라는 것을 알았어요. 지금 한국은 불금이 뭔지 모르는 사람들도 불금을 보내고 있겠지요.

역사가 느껴지는 작품들을 보고 있자면 예술가의 사명 같은 게 느껴져요. 이들은 이렇게 보존될 줄 알았을까요.
나도 보존될까 싶어 작품 활동에 더 신경 쓰는 거 아닐까,
내 수명은 백 년도 안 될 텐데 천 년 종이만을 고집하니 말이에요.

한 그림을 오래오래 들여다보는 사람을 보면
난 그 사람을 오래오래 지켜보게 돼요.
그 사람은 얼마나 오래오래 집중해서 보는지
내가 보고 있다는 낌새도 알아채지 못하지요.

우리는 몸을 쓰고 있어요.
잠시도 멈추지 않고 숨을 쉬고, 내장들은 운동하고, 눈을 깜박이는 동안에도 상처는 회복돼요. 죽을 때는 몸을 놓고 가는데도, 영원하기라도 할 것처럼 움직이고 있어요.
만약 죽는다면 내 혼은 내 몸을 생생하게 내려다볼 수 있을까요.
과연 죽었는데 생생할 수 있을까요.

한 그림을 오래오래 들여다보는 사람을
나도 오래오래 지켜보았다.
그 사람도 나도 그렇게나 오래.

베니스를 떠날
때가 다 되어서야
미술관을 찾아갔다.
원래 미술학교였던
아카데미아
미술관에는 예술의
도시 베니스를 빛낸
거장의 작품 800점이
소장되어 있다.

베니스, 물 위에 뜬 집들이
전혀 생소하지 않은 곳이지만 저 큰 미술관 건물까지….
베니스 사람들은 초대형 궁전이라도
물 위로 띄울 수 있는 이들이다.

수상버스 정류장에 비친 베니스.
유리창 하나하나가 미술관에 걸린 액자들이다.
굳이 액자가 아니어도 베니스의 거리는 제각각 한 폭의 풍경화다.

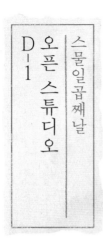

스물일곱째 날

D-1

오픈 스튜디오

오픈 스튜디오를 위해서 다 같이 장을 보러 갔습니다.

난 칭찬받는 걸 좋아하지만 그런 내색을 하지 않아요. 누가 칭찬해 주면 속으론 기쁘면서도 늘 무표정해요. 왜냐하면 무표정은 익숙하고 칭찬은 어색하기 때문이지요.
아무래도 열정적인 연습이 필요해요. 너무 좋아서 팔짝팔짝 뛰는 게 10이라면 난 1도 없는 것이었어요. 그런데 10만큼 좋다고 팔짝팔짝 뛰는 걸 시도하기에는 너무 방정맞아 보일까 겁나고요.

베니스에 와서 생소한 나를 자꾸 발견하고 있어요.

나는 동료들 사이에서 무엇을 해도 '반대쪽 의견'을 내보이는 사람이었어요. 나는 이곳에서 정적이고, 그다지 말이 없고, 혼자서 시간을 보내길 좋아하는 성향의 예술가로 치부되고 있었습니다. 그게 원래 내 성향이거나 아니면 이곳 입주한 동료들의 기본 성향이 지나치게 활동적인 건지도 모르겠어요.

이들은 현지에서 나는 음식을 맛보고 싶어 하고 그것이 당연하다고 생각하고 있었고, 나는 어찌해도 매일 한국식 밥을 해 먹는 편이었지요. 나는 그래서 한국으로 빨리 돌아가 무난해지고 싶었는지도요.

하루만 있으면 오픈 스튜디오다. 손님들을 위해 간식거리를 준비했다.
약간의 과일, 약간의 과자, 약간의 음료, 그리고 빵…
오픈 스튜디오의 긴장을 풀어줄, 아주 중요한 재료들.

난 술 담배를 하지 않는 예술가입니다.

술 딱 한 잔만 마시라고 할 때, 내가 의미심장한 얼굴로 '딱 하루 때문에 사람이 되지 못한 구미호 이야기'를 하면 이상하게도 두 번은 더 권하지 않았어요.

그런데. 단 하루 때문에 사람이 되지 못한 구미호는 사실, 그 하루로 이루 말할 수 없는 카타르시스를 느꼈을지도 모릅니다. 어쩌면 구미호가 기대했던 '사람'은 현실의 '사람'과 다를지도 몰라요. 천 년을 채워서 막상 사람이 되면, 다시 구미호가 되긴 힘들 것이에요. 아마도. 그리고 사람의 목전에서 사람이 되지 못하는 것이, 사람이 되는 것보다 더 힘들다고 생각해요.

아, 구백구십구 일의 한결같은 꿈이라니! 왜 구미호가 천 년을 채워 사람이 된 경우의 이야기는 듣지 못한 것인지. 정녕 사람이 무언지.

갑자기 생각났는데, 그러고 보니 어른들은 효과적으로 삐뚤어지는 방법을 얘기해주진 않아요. 잠시만 타락하는 방법 또한. 그래서 한 번 탈선하면 돌아오기 힘든 걸까요. 사실 난 아주 오래전부터 타락을 닮은 표정을 제법 잘 연습했어요. 물론, 타락하고자 해도 잘도 밀려나왔지만. 근데, 콧구멍도 짝짝이면서 타락까지 하면 참 못 봐주겠지 않을까요.

파티용 와인을 샀다.
난 어느 순간부터 술을 마시지 않고 있는데
그런 줄 알아도 권하는 사람들이 있다.
"딱 한 잔만 하시지요?"
"혹시 딱 하루 때문에 사람이 되지 못한
구미호 얘기를 들어보셨나요?"
그러면 사람들은 더 이상 술을 권하지 않는다.

스물여덟째 날

떨렸다,
따뜻했다

드디어 오픈 스튜디오의 날입니다.

오전부터 우린 마치 케이터링 업체에서 나온 사람들처럼 손발을 척
척 맞추며 손님맞이 준비를 했어요. 태연은 식탁보를 다림질했고, 케
이와 이녕은 파티용 풍선을 불었고, 킴과 나는 음식을 준비했어요.
그 와중에도 난 우리가 따로 먹을 볶음밥을 만들었어요. "보통 파티
를 준비하면 준비하던 음식으로 대충 때우지 않니?" 하고 태연이 얘
기했지만 밥에 대한 집념만큼은 내게 여전히 태산과도 같았지요.

오후 3시 무렵부터 초대받은 지인들이 작은 선물들을 들고 한 사람 씩 오기 시작했습니다. 초대한 쪽에서는 왠지 정신없고 편안하게 앉 지도 못할 것 같지만, 워낙 친한 사람들이 놀러와 함께 준비해준 덕 분에 우리도 편안하게 노닥거릴 수 있었습니다.

케이의 영화가 가장 먼저 상영되었어요.
케이는 독립영화의 주인공이었는데, 늘 곁에 두고 보던 케이를 스크 린으로 보자니 참 신기했어요. 케이는 조연으로 참여한 뮤지컬 공 연 영상도 보여주었는데, 멋진 목소리로 그 당시 공연 현장의 모습 을 생생하게 설명해주었습니다.

다음으로 이녕의 미니 콘서트가 시작되었어요.
이녕은 청아하고 감미로운 목소리로 여러 뮤지컬 곡을 불렀는데, 청 중이 모두 눈물을 글썽이며 감동했어요. 목소리가 그저 예쁘기만 한 게 아니라 어떤 울림도 전해졌기 때문이지요. 그런데 그때 누군 가 "너 우냐?" 하는 바람에 모든 이의 눈물이 쏙 들어가서 한바탕 웃었고요.

드디어 내 순서가 되었을 때, 난 너무 떨려서 술이라도 한 잔 마시고 싶었지만 꾹 참았어요.
차근차근 정성을 다해 작품을 설명하며 스튜디오 전체에 전시되고

이제 곧 오픈 스튜디오를 보기 위해 사람들이 올 것이다.
우리는 손님을 맞기 위해 열심히 음식을 준비했다.
사람들은 내 그림을 좋아할까?
떨렸다, 심하게.

있는 작품들을 보자니 감회가 새로웠습니다. 난 이탈리아 베니스의
풍광이 내 작업에 끼친 영향과 한국의 그림에 대해서도 이야기했
지요. 프라이빗 경매에 작품을 다섯 점 냈는데, 시작가가 10유로였
음에도 불구하고 다들 적극적으로 경매에 임해주어서 모두 고가에
낙찰되었어요.
난 처음 약속대로 나중에 한국으로 돌아가 수익금 전액을 기부하
고 그 영수증을 페이스북으로 공지할 것입니다.

스튜디오에 초대된 이들은 모두 처음 보는 사람들인데 너무 따뜻하
고 좋은 사람이라는 느낌이 가득했어요. 난 어딜 가나 사람 복이 있는
것 같습니다. 아무리 낯설어도 사람들로 인해 극복하는 것 같아요.

나는 평생 꼭 예술가로 살아가고 싶어요.
언젠가 엄마에게 힘들다고 했더니,
"그럼 너무 애쓰지 말고 형편이 나아지면 그림을 그리는 게 어
때." 말씀하셔서
겁에 질리고 말았어요.
나는,
과거에 머무르지 않고 미래도 두려워하지 않고
오직 지금 여기를 살고 싶습니다.
바로 지금, 이곳에서, 물러나지 않고,

나 자신이 주인이 되어 완전히 연소하면서.

스스로 '영리하고 타고난 재능이 있다', '나에겐 세상의 과업이 있다'
여기며 돌진하는 게 가장 큰 위로가 됩니다.

나는 베니스에서 해와 달을 그렸다.
떨리는 마음으로 작품을 소개하는 자리.
사람들의 따뜻한 마음에 나도 함께 미소 지었다.

스물아홉째 날

헤어지고 싶지
않아요

난 오늘에서야 드디어 한국으로 정말 돌아가고 싶지 않다고 생각했어요. 오픈 스튜디오에서 만난 친구들과 더 많은 시간을 보내고 싶었지요. 친해지자마자 떠나야 한다니, 서운하고 서운했어요. 아니 근데, 이제 와서 돌아가기 싫다니. 정말 어쩌자는 걸까요.

지금쯤이면 죽음에 대한 공포도 가셨을 것 같지만 사실 한국으로 돌아가는 비행기를 타는 게 두렵기도 해요. 이 찬란한 베니스를 만난 대신 죽음이 기다리고 있진 않을까, 해서. 어쩌면 이렇게도 한결

베니스 거리에선 노래하고
악기를 연주하는 사람들을 만날 수 있다.
어쩌면 그들은 음악을 살고 있는 거라는 생각이 들었다.

같이 한 달 내내 죽을지도 모른다고 생각하다니. 이러다 정말 죽기라도 하면 '나 이럴 줄 알았다' 하겠지요.

오후에 우리는 혹시 베니스에서 놓친 곳이 있나 면밀히 점검하고 각자 스튜디오를 나섰습니다.
난 페기 구겐하임 미술관에 갔어요. 가는 길에 잠시 거리의 음악에 취하기도 했지요. 베니스는 정말 예술이 충만한 도시입니다.
알다시피 길치에 지도치인 나는 지도를 펼치고도 사람들에게 물어 물어 도착했어요. 줄곧 한국말만 했는데 무슨 텔레파시가 통한 건지 사람들이 알아들었어요.
수많은 예술가들과 연인으로 지냈던 전설의 아트 컬렉터 페기 구겐하임. 그녀의 저택이 이제는 웅장하고 멋진 미술관이 되어 사람들을 맞이하고 있었습니다.

현대미술이 가득한 구겐하임에서 한참을 머물렀습니다.
하지만 나는 나도 모르게 모방하지는 않을까 하여 거장들의 미술 작품을 볼 때마다 스스로 긴장하고 경계를 늦추지 않습니다.
그래서 미술관에 머무는 절반 이상의 시간은 작품을 보고 있는 사람들을 구경합니다.

언제나 미술관에 가면 작품 감상하는 즐거움이 반,
작품 감상하는 사람들을 보는 즐거움이 반이다.

나는 비가 오면 우산을 받치고 함께 비를 맞고,
위로 솟거나 꺼지지 않고 비슷하게 걸어 다니는 사람들이,
피부색이 다르고 언어가 다르더라도 먹고 자는 패턴은 비슷한 사람들이,
참 좋아요.
그 어떤 식물보다 동물보다 늘 사람들을 더 믿게 돼요.

베니스의 명물, 곤돌라.
베니스에 머무는 한 달 동안,
운하 곳곳에서 곤돌라를 볼 수 있었다.
곤돌라 속의 정다운 사람들도.

전원이 꺼진 기계를 만지작거리는 것을 좋아합니다. 아주 정밀하고
딱딱하겠지만, 얌전해서, 마치 기계 같지 않아 보여요. 난 별거 하지
않겠지만, 왠지, 뭐든 하는 것처럼 보일 수 있거든요.

기계는 전원이 켜지면 무서워요. 내가 살짝 건드렸는데, 폭삭 꺼져
버린 적도 있어요. 정말이에요. 한참 동안 청소기를 가만히 보고 서
있으니 이녕이 과감하게 전원을 연결해서 위잉 돌렸어요. 뿌드득 뿌
드득 스튜디오 청소가 시작됐어요.

내일이 베니스를 떠나는 날이니까 오늘이 마지막 밤이에요.
우린 함께할 수 있는 일들을 최대한 하자 했어요.
마지막 보트 항해를 떠나기로 했지요.
킴, 태연, 케이, 이녕뿐 아니라 현지 친구인 네오도 왔어요.
순간순간이 아쉽고 그토록 소중했지요.

이녕은 구김이 없고 해맑은 사람이에요. 장차 우아하게 살고 싶어
하는데, 그녀는 이미 우아하고 단단한 사람이에요. 참 좋은 친구를
만났다고 생각해요.

킴은 마지막까지 신비로워서 애틋하기까지 했어요.

태연은 볼수록 오래 알았던 친구처럼 느껴져서 한국으로 돌아가면
바로 옆집에 있을 것만 같은 느낌이었죠.

케이는 늘 에너지가 넘치는 사람이어서 때로 보고만 있어도 숨이
가빴어요. 다시 태어난다면 인삼이 좋겠다고 해서, 우리는 모두 놀
랐어요. 인삼이라니! 덕분에 정말 많이 웃었어요.

베니스 현지인인 네오도 밝고 아주 멋진 사람이었어요. 근데 이상
하게 네오의 말만큼은 못 알아듣겠더라고요. 혹시 그는 우리가 못

알아들을까 봐 너무 신경 써서 말했던 게 아닐까요? 그래서 오히려
더 알아듣기 힘들었던 건 아닐까요?

드디어 보트를 세 번째 타요.
여전히 공포가 없는 것은 아니었지만
조금은 애틋하고 행복한 공포감이었어요.

쉽게 마무리하지 못하는 하루였어요.
이녕이 "오늘은 조금 더 마시고 싶어." 말했어요.
"응, 나도 조금 더 마시는 너를 구경하고 싶어." 말하며 웃었어요.
"아, 너무 섭섭하다…" 이녕이 술잔에 와인을 따르며 말했어요.
"응…. 나는 그런 말로도 다 표현 못 할 만큼이야."
버티고 버티던 케이가 먼저 자러 들어가고 이녕과 나는 눈이 따가
워서 더 이상 뜨고 있지 못하는 순간까지 이야기를 나누었어요.

우리 꿈을 이루어 가자.
열심히 하는 사람들이니까 잘 해낼 수 있을 거야.

베니스에 와서 친구들과 세 번째로 보트를 탔다.
베니스에서의 마지막 여행. 노을이 졌다. 모두 행복했다.

노을 지는 보트 위의 나를 케이가 찍어주었다.
어느새 세 번째 보트 타기.
조금은 애틋하고 행복한 공포감이 날 감싸안았다.

해 지고 한참이 지난 후에야 우리는 스튜디오로 돌아갔다.
베니스에서의 마지막 밤이 지나간다.
베니스에서의 꿈 같던 한 달이 지나간다.
늦은 시각이었지만, 나는 최대한 천천히 걸어갔다.
베니스에서의 마지막 밤을 깊이 음미하고 싶어서.

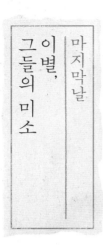

마지막 날

이별,
그들의 미소

이녕이 문을 두드리며 나를 깨웠어요.
"수민, 일어나~ 짐은 다 쌌어? 이러다 비행기 놓치겠어."

난 자꾸 망설이다가 결국 짐을 싸지 못한 채 잠이 들었어요.
문을 여니 걱정스러운 얼굴의 이녕이 "커피 끓여놨어, 준비 다 되면
식탁으로 와." 했지요. 나보다는 천천히 스튜디오를 나선다는 이녕
은 마지막 날까지 다정했지요.

어느새 떠나는 날이 되었어요. 난 베니스로 온 첫날부터 한국을 그리워했기 때문에 베니스를 신나게 떠날 수 있을 줄 알았는데, 마구 슬퍼졌어요. 이제 친구들을 볼 수 없다는 생각 때문에요. 또 보자, 말했지만 쉽게 또 만날 수 있는 헤어짐이 아니라는 걸 모두 잘 알고 있었어요.

만나고 헤어지는 일에 익숙하다고 생각했는데 사람이 만나 이리도 살갑게 가까워지는구나, 대책 없이 무작정 내 심장을 다 내어준 느낌입니다. 아무래도 다시 또 보기는 어렵겠지요, 아무래도……

케이는 오늘도 생글생글 웃으면서 유쾌한 기운을 뿜어내고 있었습니다. 그게 위로가 되어 나도 따라 웃었습니다.

마음이 통하는 사람들과 이야기할 때마다 난 죽음을 이야기했지만 아직 죽음이 무엇인지 모르겠어요. 그런데도 난 계속 '죽는 줄 알았다'고 말하곤 했죠. 기적처럼 베니스에서 한 달을 꼬박 머물렀지만, 어쩌면 한국으로 돌아가는 비행기에서 잘못될 수도 있을 것 같아서, 난 손으로 쓴 글을 이메일로 그때그때 옮겨 놓기도 했어요.

내가 한국으로 돌아오면서 마지막으로 본 베니스.
정말 물고기 모양이구나! 좀 놀라고 감탄했다. 그리고 생각했다.
이제 베니스와 나 사이에는 구름이 한가득이구나. 지금 집으로 돌아가지만,
영혼이 10이라면 7 정도는 아직 그곳에 있는 것 같았다.

베니스에서 생긴 상처가 두 개 있었어요.

하나는 오픈 스튜디오 준비 때 양파를 썰다가 손톱도 약간 썰어서 왼손 손톱 위에, 다른 하나는 보트에 불쑥 튀어나온 쇠 부분을 맨발로 밟아서 오른발 두 번째 발가락에.

그런데, 지금은 감쪽같아요. 새 손톱도 나고, 그때의 고통도 가물가물하지요. 다 아물었는데, 좀 슬퍼요.

당시에는 아픔은 있었지만 슬픔은 없었는데.

베니스에서 돌아오고 물고기를 광적으로 좋아하게 되었어요.

특히 건강을 위해 매일 마른 멸치를 오십 마리 정도 먹기로 작정하여 현재 나와 가장 가까운 물고기는 멸치예요. 그러나 먹어야 해서 마음이 심란해요. 차마 눈도 감지 못한 멸치의 눈알 백여 개와 '어두육미'라는 오십 개의 대가리를 진격의 거인처럼 와작좌작 씹어 먹는단 말이에요. 멸치를 통으로 집어먹다 보면 가끔 대가리 한두 개나 몸통이 따로 손에 잡히기도 해요. 잠시 멈칫하다가 이내 곧 태연하게 씹어 먹게 되는 건 생각해보니 참 고마운 일입니다. 나도 감사하게 먹고 자연으로 돌아가 멸치밥이 될지도 모르니까요. 그러고 보니 베니스에서 요리할 때 멸치 대가리도 아까워서 국물 맛을 낼 때 그대로 넣고 심지어 건져내지도 않아 국물을 뒤적이던 케이가 여러 번 기겁했었는데! 그런데 이렇게 멸치라는 물고기가 나와 가장 가까운데도 난 멸치만은 그리지 않는 화가였어요. 나중에 멸치만은 꼭 그려야겠다, 생각했어요.

내 그림들은
깊은 그리움과 오랜 기다림으로 완성된 것들입니다.
한지 위에 켜켜이 색을 쌓아올려,
가슴 안에 층층이 포개진 그리움을 나만의 속도로 표현합니다.
'느림'이란 이름의 그림들이, '빠름'이란 이름의 시름들을 거짓말처럼 거둬가요.

나는 '다음 세상'을 생각합니다.
나는 백 년을 살지 못해도, 내 그림은 그보다 오래 남을 것이기 때문입니다.
'숨 쉬는' 종이 위에, 색을 켜켜이 쌓아올리고 말리기를 반복하여
긴 시간 공을 들여 그림을 완성합니다.
그래서 그림은 '기다림'의 줄임말인 것 같아요.

누구에게나 공평해 누구에게나 위로가 되는,
친근하고 신비롭고 따사로운 존재들.
곁에 있어도 그리운 그것들을 화폭에 담으면서,
내 그림이 누군가의 삶에 한 줌 위로가 되기를 소망합니다.

이후로도 난 베니스 꿈을 자주 꿨어요.
어떤 꿈에선 여전히 파티 준비와 손님맞이가 한창이었는데, 사람들이 나보고 어떻게 왔냐고 묻길래 "응, 저녁 먹으려고 들렀다."고 했더니, "한국에서 베니스까지 저녁 먹으러 왔다고? 오 정말, 너답다."라고 했지요.

베니스에서도 예상치 못한 낯섦이 익숙해질 때까지
또 다른 기다리는 법을 배웠어요.
모든 것은 때가 있다는 걸,

그때까진 그냥 기다려야 한다는 걸 다시 한 번 깨달았지요.
베니스의 모든 것이 고맙고 그리워요.

서른세 개의 하늘을 '도리천忉利天'이라고 불러요.
현세에서도 도인이나 선인들만 드나들 수 있다는 그곳의 신들은 인간을 닮았다고 합니다. 나는 그곳으로 들어가는 문을 그렸고 그보다 층차가 높은 곳으로 향하는 창문을 그렸습니다. 일단 난 이곳에 있으니까 이곳 사람들을 위해서 저곳도 그려서 보여줍니다. 보다 많은 사람들을 생각하며 살고 싶어요. 왜 사람들을 위해서 살고 싶냐면 달리 생각한 겨를이 없어요. 지금도 그저 살기 위해 애쓰는 사람들이 마냥 애틋합니다.

이런 생각을 하며 사는 이유는 분명해요. 이런 뜻을 알아듣는 사람은 꼭 따로 있고, 나는 아마 장차 할 일이 있기 때문입니다.